你和我的
1cm

關於擁抱你，也擁抱人生的方法

金銀珠 **文** · 梁賢貞 **圖**
曾晏詩 **譯**

大田出版

「因為你，我的世界又大了 1cm」
我們之間的小悸動變成大幸福的時間

每當談論到愛情，人們總能滔滔不絕地述說，但也很容易在一個瞬
間便陷入沉默之中。
儘管再親密、再熟悉，卻仍然保有一公分的距離。也因始終存在著
距離，我們才能聚焦，目睹愛情的真實面貌。
＿知名演員　簡嫚書

「簡單卻不失深度、可愛並富有質感。」
圖文的表現都讓人驚艷，內頁裡偶爾出現互動感極強的巧思，像極
了愛情裡時不時發生的小浪漫。
＿作家　知寒

當對愛情失望透頂時，翻開這本書，也許會開始期待遇見那個與你
距離一公分的人。
＿創作歌手　洪安妮

用一個溫柔的色調與思考角度，讓你可以更勇敢和更容易接受，認識感情裡的黑暗角落，並發掘更多你沒察覺的溫暖。

__ 新媒體創作人　泰先生（崔聖哲）

這不只是一本療癒的書，更是愛情的工具書，
簡單溫暖的文字與插畫，卻有著治癒的魔力，
突破了感情的盲點，療癒了愛情。
「愛情就像是兩種不同顏色的水彩混在一起」
不同自我的相遇，衝突的色調要怎麼互相搭配，進而畫出更美麗的一幅畫呢？
這本書推薦給戀愛中的妳或你，希望大家都能編織出屬於自己幸福的愛情！

__ 彩妝部落客　紀卜心

當我知道本書 P18〈幸福最討厭的三個詞彙〉是什麼的時候，我變得更幸福；當我知道 P54〈變成幸運草〉時的感受，我變得更特別。這本書教會我用創意、有趣、溫暖的視線看待我們的人生。

__ 諧星　朴娜籾（박나래）

結束疲憊的一天，靜靜地閱讀這本書，讓人又想起了那些因平時忙碌而遺忘的珍貴事物，使人的想法深度再加深 1cm 的感覺。希望大家看完這本書，都能夠抓住愛情和生命中那些渺小的瞬間，將它們珍藏在心。

__ 演員　白珍熙（백진희）

就像想永遠記住的童年一樣，即使我們已經是大人，我們仍然需要像孩子一樣，只因為單純存在而受到歡迎、耳裡聽的都是溫暖的話語、能夠被人緊緊擁入懷裡。希望大家閱讀這本書的同時，也能如此擁抱珍惜自己和所愛之人。

__ 主播　吳尚津（오상진）

關於擁抱你，也擁抱人生的方法

遠如數不盡的繁星，近如獨一無二的月亮。
你和我之間的 1cm，
最靠近也最有意義的你，和我的人生故事即將上映。

愛情在我們生活中，無處不在。濃烈的愛不分國界、種族、年齡，甚至性別。走在路上偶然聽到描寫愛情的歌曲，像走在林蔭道就看得到銀杏樹般容易。美國普普藝術巨匠羅伯特‧印第安那（Robert Indiana）的「LOVE」系列雕塑讓紐約、東京、香港的街頭變成大家爭相拍照留念的熱門景點。「因為愛」這句話比數十章論文更有說服力，也是人們常掛在嘴邊的理由。

晨間劇的男女主角因為愛情落幕而流淚，晚間電視劇的男女主角因剛萌芽的愛情而心動，電視機前的觀眾也一樣感同身受。愛情之所以如此受歡迎，不只是因為愛情是所有人都覺得有趣的素材，或許也意味著這個世界變得更難生存，需要倚靠愛的力量來承受的事變多了……

在這個殘酷又汲汲營營的世界，很多事必須得忍受，是愛讓

人活下去。那個人飽含真心的視線是那麼理所當然、明確而自然，為我提供了溫暖情感的藏身處。偶爾我因為這個世界冷漠的對待、別人毫無同理心的言語和行動，而感到自己的渺小，但那個人的眼神能帶給我新的力量，讓我能用特別的眼光看待自己。

　　我的能力、我所擁有的東西、我的運氣雖然都和我有關，但這些都有變數，然而愛卻讓我從無法掌控的事情中重獲自由，就像小時候即使沒有利益的交換，但我存在的本身就能讓我受到歡迎、聽到溫暖的話、被人緊緊擁入懷裡。小時候討厭小黃瓜，可以不客氣地耍脾氣說不喜歡，這樣一件小事對已經長大的我們來說，不知道是多大的安慰！能夠以如此純真、愉快的心情擁抱某個人，是「我的存在」，在茫茫大海般的宇宙中得以發光的重要線索。

　　在悲劇的一天落幕前，能讓那天扭轉為快樂結局的人。
　　還沒吃到我親手做的餅乾，就說著「一定很好吃」的人。
　　可以毫不猶豫地打電話問去弘大要搭幾號公車的人。

像手錶一樣放在桌上時看起來冷冰冰，但戴在手上時能和
我達到熱平衡的人。

雖然無心之語讓我生氣，但卻用心讓我氣消的人。

能給我機會了解他，卻同時讓我更了解自己的人。

努力讓我開心，也努力讓我不悲傷的人。

不追求轉瞬即逝的愛情，而是追求細水長流的人。

為了我，能夠誠實地實踐愛的人。

能以更嶄新、更溫暖的視線看待這個世界的人。

　　人生只有一次，無論是誰都能擁有一次看起來微不足道卻
又特別、雖然才剛開始卻日益熟悉的愛情。即使我不記得四千
多年前美索不達米亞泥板上所記載，那段最初的愛情的歷史，
但我可以為自己刻下更有意義、更加燦爛的愛情。

愛情的真面目總是像遺跡般待在我們身邊，讓人未曾認真注視，抑或努力發現它新的一面。這本書是一個嘗試，伴隨總是環繞在我們身邊的愛情氣息，更深一層地探究愛情。除了探討愛情的浪漫和真誠，也包含了其他藝術家未曾偶然或刻意提起的多元愛情屬性觀點。此外，你也能看到不得不與愛情自然連結的我們的人生故事。

當你從自己熟悉的人身上發現他新的一面時，你所感到的意外和驚喜，甚至因此更被吸引；這樣的感情當你在閱讀這本書的同時也能感受到，就像墜入愛河一般。

即使愛情的真面目並不如你想像中的美好，但或許你會發現愛情的紅唇仍然甜美。

敬我們的愛情，和因此更加輝煌燦爛的人生
金銀珠 筆

Contents

story 1
某一天驀然_
愛情的開始沒有邏輯，卻有真心

story 2

於是總是＿

只要和你在一起，這世界給的傷痛我也能承受

story 3

越來越深 _
僅次於媽媽的肚子裡，最安穩也最溫暖的空間

story 4

偶爾遠遠地 _
用力的愛情過了使力的時候

story 5

還有，Happy And_

我們的愛情，還有人生，是既熟悉卻又嶄新的開始

story 1

某一天驀然 _

愛情的開始沒有邏輯，卻有真心

愛情的發現，發現愛情 1

相愛的人，眼裡的天空，
不知為何更加蔚藍。

「我們走叢林小徑吧。」

幸福最討厭的三個詞彙

當時，而非現在；
那裡，而非這裡；
他，而非你。

昏暗的日子，

原本也是晴朗的。

即使真的昏天暗地，

這一天還是

有它美麗的地方。

遠·星·近·月

遠如數不盡的繁星，
近如獨一無二的月亮。

正如數不盡的繁星和獨一無二的月亮，
現在離我最近的你，
對我來說就是唯一。

Doors of Love

愛情初期的曖昧

被人暗戀中

被很多人暗戀中

長時間單身

自主單身

腳踏兩條船

正打開或正
關上的心房

歡迎介紹對象

他人勿近
只愛L.J.Y中

1.
心裡的門可以自己打開，
但也可以由對方打開。

即使確認了彼此的心意，還是會害怕打開心房，
偶爾依靠那個人也好，
只是，要努力將心上的鎖打開。

2.
叩、叩、叩，如果敲了門，
就需要時間等待，直到裡面有所回應。

3.
雖然一個人很自在，
但是也可以讓突然來訪的人，
幫忙換換心房裡壞掉的燈。

4.

如果把橫推的門當成拉門來開是打不開的。

若你對那個人沒有足夠的理解和關心，你是打不開他的心房。

現在你需要仔細思考，

你的愛是關心那個人，還是只是關心自己的內心。

5.

即使長時間停留在那個人的心房裡，也不要疏於整理自己的心房，

幫花盆澆水、把棉被摺好，

偶爾換換房間裡的飾品，讓自己的心情轉換一下。

不要愛著對方，卻忘了自己。

「愛情」想要的，

是讓你從愛他這件事，

一點一點了解愛自己的方法。

愛情的速度，人生的速度 1

這個城市的跑車太快，
下班前的會議則進行得太慢。

然而這季節，風的速度、
葉子落下的速度、
我坐在樹下長椅所聽的音樂速度卻剛剛好。

其中，
現在和我一起聽著音樂的你，
有些變快的心跳速度最剛好，
也讓我感到心動。

這讓我感到
安慰又安心，我心想：
現在我人生的速度，這樣應該還可以吧？
現在我的人生，這樣應該還可以吧？

如果你不小心犯錯

如果你不小心犯錯，
你的上司會責怪你，
你的競爭對手會鬆一口氣，
在你底下工作的後輩會對你感到失望。

但是愛你的那個人，
他會始終如一地相信你、愛你。

他的信任，
會帶給你下次犯錯的勇氣，
也是你更靠近成功的機會，
最重要的是，這無關成敗，
而是你要相信你自己。

我會一直
做妳的庇蔭。
摺起來看看吧！

虛線

告白

衝動的告白，若對方接受，
那就是準備好的告白。

準備好的告白，若被對方拒絕，
就成了衝動的告白。

鑰匙握在對方的手上，
但是能抓住那把鑰匙的人正是想告白的人。

可以確定的是，
無論愛情的鎖是否打得開，
衝動的告白也好，準備好的告白也好，
一樣都是有勇氣的告白。

還有，最讓人後悔莫及的告白，
不是當下被拒絕的告白，
也不是被委婉拒絕的告白，
而是沒有說出口的告白。

適當的距離

剛交往的戀人之間所需要的距離，
是看得到美麗的五官，但是看不見粉刺的距離。

鄰居和鄰居之間所需要的距離，
是彼此聽得到親切的招呼聲，但深夜聽不見歌聲的距離。

上司和部下之間所需要的距離，
是辦公桌擺得很近，但週末不打擾的距離。

好朋友之間所需要的距離，
是一起開心、一起難過，但是允許孤獨的距離。

連樹和樹之間也需要距離，
才能讓樹枝自由伸展，
當然人與人之間也需要適當的距離。

搖晃

相愛的兩人之間，偶爾也需要距離，
這樣才能讓兩人的愛，穩定成長。

愛我的「人」

當我們相愛時，
要記得他不是「愛」我的人，
而是愛我的「人」。

愛情並非如夢似幻，
是完美無缺、
崇高、
能犧牲包容一切的，
而是來自有血有肉的人，
是不完美、
會經常犯錯、
有喜怒哀樂的感情。

如果你能記住這點，那麼
對於現實中每一刻你所遇到的愛情真相，

對於和對方約好三點見面他卻遲到三十分鐘的事，
對於因為他忙著公司工作而忘記紀念日的事，
對於他發誓不再犯的錯又再次違背的事，
對於一邊滑手機一邊聽你認真訴苦的態度，
你不會感到絕對的失望、憤怒，且否定愛情的本質，
而是會體諒對方，找到讓他了解自己的方法。
同時你也會游刃有餘地發現，
愛情的心臟仍充滿活力地跳動著。

愛我的人，是「人」。

認同這點，當你越深入地靠近他，
你越能領悟，雖然愛情的素顏不如遙望時的肌膚般光滑，
但愛情的雙唇嚐起來仍是如此甜美。

你會領悟到，
雖然愛情的素顏
不如遙望時的肌膚般光滑，

但愛情的雙唇嚐起來
仍是如此甜美。

我這邊的重量

生命中無法承受的重量，
　　若有你一同承擔，
　　　重量就會減輕。

愛情的速度，人生的速度 2

我們心裡都有節拍器，
只要遇見相愛的人，節拍器就會開始作用。
不管他走得快，或飯吃得慢，
我都會配合他的速度。
用一樣的速度走路，
用一樣的速度吃飯、喝茶，
用一樣的速度彼此撫摸、溫存。

用一樣的速度等待下一個
要一起度過的春天。
過了幾個比想像中
酷寒或溫暖的季節後，
最後我們用一樣的速度
走完整個人生。

愛情，是在彼此的速度中
停留。

或許，

會停留到另一個
叫做心臟的節拍器停止為止。
就像彼此相愛的兩人
會越長越像，
速度也會達到平衡。

雲朵

她說
我今天特別帥。

怎麼還沒
回簡訊呢？

能讓人從雲端墜落，
又讓人飛上雲端的，
就是愛情。

請問你的夢中情人是什麼類型？

「請問你的夢中情人是什麼類型？」
關於這個問題，我的回答是，

「我喜歡強壯的男人。」但真相是，
即使他長得瘦弱，但他能將我擁入更溫暖的懷抱；

「我喜歡高傲的女人。」但真相是，
在我面前她總是面露善良又可愛的微笑；

「我喜歡有型的男人。」但真相是，
即使他對時尚一點也不敏感，
但他總是懂得在我身邊細心呵護我；

「我喜歡文靜且有女人味的女人。」但真相是，
我認識了喜歡大聲笑、充滿活力、活潑的她。

真相給的答案甚至讓我忘了，
一開始我回答了什麼。

理想和現實總是存在距離，
而愛情能讓人輕易地跨過。

妳的夢中情人是？　皮膚白皙又有肌肉的男人？

我喜歡棕熊君有男人味的深毛色，也喜歡你軟蓬蓬的肚子。

（棕熊都是深色的説^^;）既然如此，那要不要再吃一塊蛋糕？

連結

若墜入愛河，
即使是看起來與我們無關又遙遠的白雲，
遠在好幾光年以外的星星，或是不知名的野草，
我們也能從中找出意義。

愛情雖然連結了你和我，
但也將我們與未知的世界相連。

那是
白熊妹雲！

那朵雲是棕熊君！

同時認識我自己

妳讓我知道，

我是不怕冷的男人。

做壞的
熱狗

棕熊君模樣
的熱狗

終於
完成！

你讓我知道，
我是很有耐心的女人。

妳讓我知道，

我是強壯，同時又細心的男人。

哇～謝謝

你讓我知道，
我是有運動天分的女人。

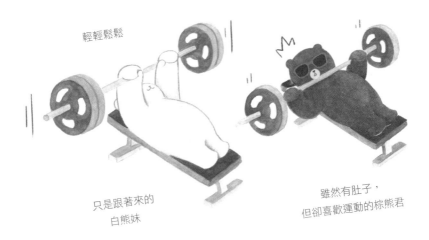

輕輕鬆鬆

只是跟著來的
白熊妹

雖然有肚子，
但卻喜歡運動的棕熊君

為了某人欣然接受改變，
在改變的過程中，認識更有魅力的自己，
也是愛情的另一個優點。

變成幸運草的心情

那些我不常做、
別人也不會注意到的
某個角度的臉龐和模樣，
以及無心擺出的一些姿勢，
如果被人發現而且欣賞，

我的心情就好像體驗到
自己成了幸運草、
被磨成心形的石頭、
或距地球五十七光年遠的粉紅色行星*一樣。

因為只會被少數有心找尋的人發現，
所以感覺自己更顯特別。

*粉紅色行星 GJ504b
距離地球五十七光年遠的粉紅色外系行星，質量是木星的四倍。行星的溫度約為攝
氏 237 度，推測約為一億六千萬年前生成。

太閃的時候會發生的幾個現象

〈情侶自拍時〉

要把白熊妹的臉
拍得更小

〈在電梯內〉

舒適～

人多擁擠

〈在餐廳〉

〈在公司郊遊時〉

太閃的時候所發生的現象，
最後得到的便是愛情加溫的結果。

有太誇張的妝，但沒有太誇張的愛情。

一見鍾情沒說的話

　　「一見鍾情」前面應該少說了「看到那個人的外表之後」這段話。一見鍾情看似最純真又浪漫，但其中的含義似乎包含了動物本能和野性。諷刺的是，若想有機會真心挖掘、探索一個人的內在，可能得先取決於對方的外表。若（主觀）覺得對方的外表不具魅力，應該也很難產生想探索對方內在的動力。或許你願意深入了解，對方可能是全宇宙最適合自己的男人或女人。

　　然而幸運的是，即使不需像《美女與野獸》那樣強迫兩人共度時光，生活中還是有很多機會能藉著持續見面來了解一個人的內在，例如在學校、在公司、在同是大型犬或多肉植物愛好者的聚會中。或許你會突然對一位從不感興趣的人產生「沒想到他也有這一面？」的想法，代表愛情的徵兆前來敲門的時

刻也靠近了。如果訪問情侶對彼此的第一印象，或許會有不少人回答：「一開始不知道有這個人，甚至對他不感興趣。」或是「他是裡面最不起眼的人了」。

還有，即使一個人的外表，可以當作愛情的線索，但最終若是內在無法滿足彼此，那麼這段愛情也很難持續。若彼此對開心和難過沒有共鳴；無法理解對方為何傷心；無法帶給對方成就感；讓對方感覺自己被需要；感覺到愛人才能給予的溫暖，那麼初次見面就產生的愛情，結束時也只能被當作是感情上的突發事件。為什麼一見鍾情的王子與公主的故事，最後總是「從此過著幸福快樂的生活」（Happily ever after），或許只是因為童話需要一個適當的結局吧。

愛情萌芽的情形很多都與外表魅力有關，但那不代表一切，而且愛情要能持續，內在一定是重要的因素，因此和野獸墜入愛河並非只存在於迪士尼電影中，而如果我交往對象不在乎鏡子裡那些我不滿意的樣子，那我也會不在乎那個人的外表，這件事也無須覺得驚訝或懷疑。或許這就是為什麼童話或電影會把愛情的真相譽為愛情的魔力吧。

因為，愛情雖然始於眼睛、鼻子、嘴巴，但最後還是會走入心裡。

因為，愛情雖然始於眼睛、鼻子、嘴巴，
但最後還是會走入心裡。

心電感應的真面目

「哦？你怎麼知道我正好想吃這個？」
「哦？你怎麼知道這是我想聽的音樂？」
「哦？你怎麼知道我想看這本書？」
「看來我們有心電感應呢。」

情人間的心電感應，
就是來自對對方的關心。

幸福並非只在錯過的火車上

有個人錯過了火車。
我問他你的幸福在哪裡，
他說在離去的火車上。

有個人沒吃晚餐。
我問他你的幸福在哪裡，
他說在那頓沒吃到的溫熱晚餐裡。

兩人都沒能擁有幸福。

但是錯過火車的人吃了頓熱騰騰的飯和湯，
錯過晚餐的人搭上了火車，
於是兩人擁有了對方認為的幸福。

若我們
總是在錯過的東西裡尋找幸福，
那我們永遠無法將幸福握在手裡。
若我們能從已經擁有的事物中發現幸福，

happiness

請在這一頁放上你的手，
沿著手的形狀畫下來吧。

幸福便永遠屬於我們。
幸福不在手心之外，
而是已經握在我們的手裡。

唯一的
唯一

他從山裡來
毛色是褐色的
喜歡熊湯*（偏偏是熊⋯⋯）
有整理癖
蒐集古董
他愛妳

* 韓國的「곰국」是「牛尾湯」，因為「곰국」的「곰」在韓語也有「熊」
 的意思，所以這裡是個雙關語。

≠ 她從海邊來
≠ 毛色是白色的
≠ 喜歡沙丁魚
≠ 沒有整理的天分
≠ 喜歡新產品
＝她愛你

讓任何差異都黯然失色的
唯一共通點，
就是彼此相望的眼神一樣。

動作 A 和動作 B 之間的魅力

關於愛情的案例研究資料很豐富。

月火、水木、金土、週末，還有日日劇都少不了男女關係；

冬天一定會上映浪漫喜劇電影，而且充滿經典台詞；

同事 A 與同事 B 以為只有彼此知道

兩人的辦公室戀情，但其實眾所皆知；

回想很久以前，學生時代的下雨天，

我們聽得津津有味的班導師的初戀故事⋯⋯等。

大家都研究過這些各式各樣的案例，如果有愛情學位，大家應該都可以拿博士了。但是當愛情的機會真的找上門來，大家卻像第一次出動的刑警，或第一次站在管弦樂隊舞台上的菜鳥團員一樣，失誤連連。

就像在犯人的指紋上覆蓋自己的指紋，

在小提琴演奏的部分誤敲了鈸一樣，

雖不確定這些是否是致命的錯誤，

但是就像第一次約會時若犯下
像是把無趣的笑話說得更無趣；
喝水嗆到，足足咳了三分鐘，久久停不下來；
約會途中到化妝室檢查儀容，
才發現牙縫卡了綠色的蔬菜一樣，都是不堪回首的失誤。

平常朋友常誇讚自己的判斷很有智慧，
也很有自信地認定自己是完美主義者，
但這些在第一次約會的現場卻蕩然無存，還不時發現新證據，
證明自己竟有令人失望的一面。（而當天晚上也常緊接著上演
謙虛地自我反省，或亂踢棉被，自我埋怨。）

愛情和社會生活不同，
熟練的人不會總是占領有利的高地。
為了抓住核心人物，
需要流暢的報告實力，

但是為了擄獲對方的心，說錯話
或許能融化尷尬的氣氛；
雖然沒有令人印象深刻的禮貌舉動，
但是充滿真心的眼神更能強烈傳達你的心意；
在你下意識進行的動作 A（把頭髮往上撥）和動作 B（幫對方
的杯子插吸管）之間，
偶然的「無意間眺望窗外的樣子」，
搞不好就散發出了打動對方的某種魅力。

因此，不需要在愛情的開始就變得太完美，
或準備、演練得太徹底，
或為了一點小失誤而自責，
或感到緊張。

因為愛情的開始
總是充滿出乎意料的變數。
因為那個變數可能
並非故意或人為的某種東西，
而是自然且真實的自己。

啊，是幸運草！
感覺好像會發生
什麼好事……

那隻如白玉般的白熊，
是來自哪座山啊？

聽說她不是從
山裡來的，
是從大海來的。

#棕熊君第一次想認識白熊妹的時候

變化

最浪漫的物理變化，
是糖變成棉花糖。

最浪漫的化學變化，

是你和我在一起吃棉花糖。

親吻和下一個親吻之間

親吻和下一個親吻之間的距離越長，會對彼此產生依戀；
好奇和答案之間的距離越長，好奇心會越趨強烈；
夢想和成就之間的距離越長，內心就會變得堅強。

有時，比起即時的愛情、即時的答案、即時的成功，
等待的背後，
會讓我們的愛變得越深、讓我們探索世界、讓我們成長。

就像比起只要三分鐘就能吃到的微波速食，
需要長時間用大鍋悶煮的飯，吃起來更健康、更美味一樣。

答.顯.愛（答案很明顯，就是愛）

如果和我一樣，
迷戀已經寫完的筆記本，
喜歡摸狗狗濕潤的鼻子，
喜歡從中間開始看書而非從頭開始，
常常想喝裝在熱盤子裡的洋蔥湯。

或和我不一樣，
想冷靜一下會拿出數學課本，
擁有各種顏色的條紋襯衫，
選擇旅行時在飯店睡懶覺而不是吃早餐，
完全不用香水。

開心，是因為我們擁有相同的喜好；
吸引，是因為我們擁有不同的喜好。

結論已經很明顯了，
何謂愛情？

當墜入愛河的那瞬間，
無論任何瑣碎的理由，
都足以成為精采的愛情依據。

需要你的理由

嗆辣的大蒜味、
熱騰騰的湯的滋味、
平壤冷麵平淡的味道，
這是大人的口味；

冰淇淋甜滋滋的口味、
小熊軟糖 Q 彈的滋味、
糖果被咬碎的味道，
這是小孩的口味。

然而就像
我們喝完了熱湯，總是想吃冰淇淋當點心一樣；
看著時事節目，會想吃小熊軟糖來安撫嘴饞一樣；
並非成了大人，心中的孩子就會消失。

或許大人只是
看到冰淇淋掉在地上，
也不會哭鬧的小孩也說不定。

因此，對身為大人的我們來說，
即使不會恣意哭鬧，
但我們的心
仍需要有人來理解、
安撫和安慰。

關於從旅行的他方回到家

　　第一次旅行的地方，陌生的風景總是讓人感到悸動。由空氣中不同密度的水分所創造出來的特別的天空色，第一次看到的樹種所創造出來的異國影子，用不同語言所寫的道路標誌，它們一如往常地待在那裡，但看起來卻像在熱烈歡迎前來的旅客。在評價料理的味道時也是如此，若餐廳就在自己家的附近，總是會嚴厲批評，但若冠上觀光景點的光環，便會給上更好的評價。接著你會發現，比起坐在自己隔壁的公司同事金代理，自己更常對遙遠的陌生人顯露微笑，也更常說「謝謝」。

　　旅行的時候，人都會把難以預測的狀況或氣候當作新鮮的趣事，例如完全不一樣的地鐵轉乘系統、跟著地圖走卻遲遲不見目地、時不時傾瀉的雷陣雨。旅人的心總是寬容，能夠接受這一系列失控的狀況，並把這些視為意外的樂趣。然而，等

旅行到了尾聲，旅人的體力漸漸乾涸，對新事物也感到麻木，連一開始光是標誌板覺得感動的心情也消失了，那些旅途中的意外再也無法饒富趣味，這時反而需要更多耐心。這都市陌生的交通系統為何如此複雜又沒效率！不滿油然而生。同時，對於熟悉事物的渴望開始從味覺中冒了出來，然後蔓延到全身。一開始是「我好想吃辣辣的泡麵、用陳年泡菜煮的泡菜鍋、淋了些番茄醬的雞蛋捲和白飯」，後來演變成「我不想再旅行了。比起飯店，家裡的沙發雖然樸素又狹小，但卻能給我安全感。好想躺在上面，手裡握著閉上眼睛也能找到轉台按鈕的遙控器。」這些渴求越來越強烈。於是旅人重新領悟到一件事：旅行的目的終究是為了回到當初離開的地方。

• • •

如同旅行時對一切新事物會感到悸動，爾後隨著時間流逝，自然而然地轉變為渴望和思念自己熟悉、覺得有安全感的事物，和一個人相愛及維繫感情的過程也是如此。在旅行的他方所獲得的感動和喜悅，和回到家時所湧上的熟悉感和安全感，在與人相愛的過程中，都能依序感受到。就像發現一棵充滿異國風情的樹會感到開心一樣，當自己發現那個人的脖子後面有一顆痣，也會覺得開心。但這種感覺不知不覺從某一刻起，便轉變為如握著自己家裡遙控器般的熟悉感。他還是本來的那個他，但對我來說，發現他新的一面會讓我感到開心，了解他的外表、

個性、背景的過程也讓我感到開心，而這份喜悅也不知從何時起，轉變成對自己非常熟悉的人所感到的安全感。

　　因此，就像旅行畫下句點，最終回到自己熟悉的家一樣，想在持續的關係中找到安全感的必備要素，就是我對他瞭若指掌的感覺，即預測的可能性。而且，就像從旅行的地方回到家需要七個小時的飛行時間一樣，為了讓本來像是旅行地點般的人，變成像家一樣的存在，兩人需要共度一段幾個月或幾個季節的時間。最後，自己不僅能細心地預知他想看什麼電影，甚至「原來在電影演到這裡的時候他會落淚啊，或他會拍掌大笑啊」都能知道，並且在這些時機點握住他的手給他溫暖，或跟著他一起笑，甚至笑得比他大聲。他會因為什麼話而露出孩子般的微笑；他會因為什麼話而面紅耳赤；每個星期二他想吃什麼晚餐；第三次紀念日他最想要什麼禮物；什麼時候比起禮物他會更需要擁抱……這些都不是靠腦袋想出來的，而是用心觀察出來的。就像我心情不好時，他會用盡一切辦法安慰我，而當我想被人擁抱時，他總是會抱著我一樣。

• • •

　　相反地，若過了一段時間，他對我來說仍保有許多不可預測的一面；若他不能給我從旅行的地方回到家時該有的熟悉和安全感，就代表我們的關係出現危機。他的失聯讓我感到鬱悶；

或因為不知道他何時會生氣而焦躁；或從他的表情讀不出他在想什麼；或總覺得他好像變心了而感到不安。若這些想法占據心中的一角，即使愛情再怎麼辛苦地引領這段關係，時機到了，兩人的關係也到了喊卡的時候。若是持續讓另一半感到不安，那就不是愛了，而是一種情感暴力。因為愛的任務是觀察他的內心，愛能夠給予的最大安慰之一，就是在捉摸不定的世界裡，讓他感受到可預測的溫馨感。如果旅行結束卻不能回家，那麼旅行只是流浪罷了。

即使如此，太清楚他內雙的雙眼、鎖骨和腳踝骨長得怎麼樣，可以猜到他下一刻會說什麼話，就像台詞全被看穿的電影般無聊或劇情顯而易見，偶爾也會成為令人擔憂的原因。如果你在旅行節目中偶然看到沒去過的旅遊景點而感到心動，也就是說如果你心生想出發尋找非你們關係之中的另一個人，或許你還會事先感到自責或害怕。然而，你不需要把時間浪費在毫無預警，或毫無根據、不可預測的愛情上。有時候，承認愛情中自己無法控制的部分也是愛。

另外，和熟悉到連腳踝模樣都很清楚的戀人一起迎接人生的新事件，反而能為熟悉增加悸動。和心愛的他一起到偶然發現、吸引人的景點旅行，光想像就覺得興奮，而且也不用擔心在飛機上嘴巴大開睡覺的樣子有多醜。即使跟著地圖走卻不見目的地，但只要和他在一起，就不會感到不安。如果對方是不熟的某個人，對於第一次品嚐的食物，可能只會說句：「嗯，滿好吃的，呵呵」就算了，但當對象是他，就能自在地聊下去，直接且認真地評價吃起來是否口感太軟或香味太強烈，這也是因為「熟悉」才能享受的樂趣。有時甚至忘了聊天，各自享受美食也不會覺得尷尬。

　　熟悉不是無聊的同義詞。若那部電影讓你看了這麼多次，多到連台詞都背下來，想必對你的人生有很大影響力。即使你能猜到下一個場面是什麼，即使你已經知道結局了，但不管什麼時候看，都能帶給你新的感動。同樣地，就像過完冬季迎來的春天一樣，不會讓人感到無聊，反而讓人充滿期待，與再熟悉不過的人之間的愛情，也和按時回歸的春天一樣，總是能帶給人溫暖的悸動。就像每當春天來臨，那些毫無新鮮感、關於春天的歌曲，仍會登上排行榜一樣。能預測的人，能預測的愛情，就像春天一樣。

就像過完冬季迎來的春天一樣，

不會讓人感到無聊，反而讓人充滿期待，

與再熟悉不過的人之間的愛情，

也和按時回歸的春天一樣，

總是能帶給人溫暖的悸動。

就像每當春天來臨，

那些毫無新鮮感、關於春天的歌曲，

仍會登上排行榜一樣。

story 2

於 是 總 是 _

只要和你在一起，這世界給的傷痛我也能承受

即使如此還是 happy ending

結束倒楣的一天，若是有你在，

那麼那天仍是 happy ending。

只有我愛的人才能回答出來

當我正和世界出給我的難題搏鬥時，
你卻出給我最簡單的題目。

「猜猜我是誰？」

因為閉著眼睛也能解開這道題目，
讓我的肩膀和心情都放鬆了許多。

猜猜
我是誰？

面對恐懼的方法

不要看樹，看一整座森林。
但是，當你害怕森林時，只看樹就好。

即使是龐大又令人畏懼的試煉，只要仔細地觀察，
你就會發現它只是由許多足以克服的小事所組成。

珍藏清單

我的紅色長靴　—　我的綠色日記本　—　我的限定版音樂盒　—　我的獨立空間　—　明天，我的薪資存摺　—　我的人

隨著人生的長河順流，我的「珍藏清單」也不斷在改變。
但其中有幾樣是不變的，
而那些不變的珍藏讓我相信，
即使其他重要的事物全都遺失，
它們仍會帶給我足以支撐人生的力量。

只是一張諷刺畫

即使把人畫得比真人還醜，
諷刺畫還是很有趣。

即使我所受到的待遇或態度，
不如我想像中的美好，
但只要轉念一想：原來我收到了一張諷刺畫啊。
那麼我就能輕鬆笑看這情況了。

因為是你

發現他
其他人看不到的
那一面，

同時發現
我不認識的自己。
這就是愛。

How to.

把書微微打開，
並且從下側往上側看

Lover's 雷達

即使她在油菜花田穿著黃色的連身裙，
即使他在雪地裡穿著白色羽絨衣，
即使他在漆黑的黑暗裡撐著黑色的雨傘，
即使他在夏威夷穿著夏威夷風的襯衫，
即使他是棒球場中眾多的棒球粉絲之一。
人總是一下子就能找到自己心愛的人。

因為，不一樣。

和棕熊君一起找找白熊妹吧。

尋找白熊妹所需時間

0.001

如果有人總是出現在你眼裡，
那就小心地懷疑，這是否是愛情？

如果他不是通緝犯，
不是有名的藝人，
也沒有把頭髮染成螢光綠，那麼可能性就更大了。

尋找白熊妹所需時間

0.002

相愛的「時機」

在愛情裡，所謂的時機，
是不想錯過那個人的時機，也是想戀愛時，
遇見某個人的時機。

所以，在我身旁的這個人，
我與他相愛的時機，是我們自己製造，也是人生的安排。

就像潺潺流水
遇見巨石，
會激起洶湧的水花般，
人生自然也會走到「想談一場轟轟烈烈的戀愛的時機」。

愛情也和大自然一樣，都有屬於它的時機。

在我身旁的這個人，
我與他相愛的時機，
是我們自己製造，
也是人生的安排。

體溫

雖然我們都一樣是 36.5 度，

但神奇的是，當我們觸碰到彼此時

所感受到的那股溫暖，正是彼此的體溫。

因為我們在一起，所以能變得溫暖。

真的好漂亮又好好吃的努力

熊代理，
我叫你想個計畫，
看能不能用最少的錢獲得最大的利潤。
上一季的業績真的不好。

是！部長！
（回答時無條件大聲響亮）

這世界，計較努力和效率的比值；

這是棕熊君做的嗎？
真的好漂亮又好好吃哦！　　　（妳根本還沒吃啊^^;;）

愛情，努力就能感動。

愛情能同時帶給人
「即使平凡也無妨」的寬慰，
和「只要對某人來說是特別的」的安慰。

即使輸了，心情也很好，
就像輸給時間的落日一樣

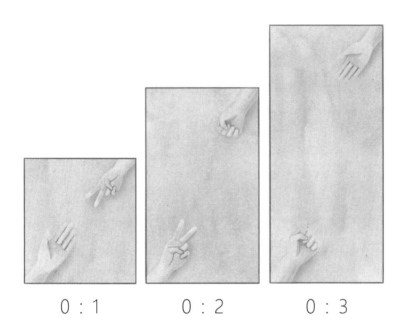

0：1　　　0：2　　　0：3

這世界總是告訴我們要贏，
但輸了卻不覺得委屈，
這種平靜只有在愛情裡才有可能發生。

音樂和愛情的共同點

☐ 1 號：賞對方一巴掌

☐ 2 號：撫摸對方的臉龐

若你正在戀愛，那麼以 2 號視線
來看這一幕、這個世界的機率應該很高。

這個視線也會讓你遇到的其他人
感到溫暖，而且感受到正面的氣息。
於是這個世界變得更美麗的機率又更大了。

就像當人戴起耳機，沉浸在自己喜歡的音樂時，
會覺得這世界看起來更美麗般，
當你愛上某個人時，愛情
也會為這個世界換上如同美麗的音樂般的濾鏡。

以偏概全的潛藏危險

「所有的女人都喜歡花和娃娃」
就像「所有老奶奶和小孩都不會是恐怖分子」一樣，
這些假設都內含潛藏的危險。

若你們說好在這天一起吃烤肉，
但你卻在擁擠的街頭送了一隻真人大小的娃娃，
還真不知道會發生什麼危險的狀況呢。

果然很喜歡～
欣慰～
得意～

謝謝（大吼！）

暱稱

兩人專屬的暱稱，就像進入兩人世界的暗號一樣。

像一句詩句，
裡頭壓縮了只願對彼此展現出來的一面。

吼啊啊～！

啊～

北極生態系的頂級
掠食者，生性如猛
獸般殘暴，且具攻擊性
……

身為棕熊君最愛的女朋友，
對愛人尤其善良，
並且體貼呵護……

白熊

白熊妹♥

和你交往中

3.
停不下來的你的笑聲；
了解我，所以給予我的
支持和愛；
你充滿愛意的眼神；
不求回報的
溫暖加油；

1.
無時無刻存在的都市噪音；
因為不了解而誤會我的
他人的偏見；
同事參雜嫉妒的牽制；

4
光是你的存在這項理由……
就能讓我的心充電。
愛情平息了
我心中
這世界的噪音。

2.
親切以對，卻得到
冷漠的視線；
沒來由地持續感到倦怠……
這一切將我心中的電力消耗殆盡。

沿著虛線往外摺

今天特別漂亮

今天也很漂亮！
（為什麼妝會
越化越
可怕呢？）

就像為了不打破孩子心中對聖誕老公公的幻想
所說的善意謊言一樣，

戀人之間，有時也需要維持彼此幻想的謊言。

客觀的偏見

深陷愛情中的人，擁有堅若磐石的「客觀偏見」。「客觀」和「偏見」本是相互矛盾的兩個字，在理性的世界裡，不可能存在「客觀偏見」。然而，對熱戀中的男女來說，「客觀偏見」是很普遍的世界觀。

客觀的：換句話說，就是已被證明，無法反駁的。
偏見：換句話說，就是側重某一邊的。
客觀的偏見如果換句話說，就是「無法反駁的偏頗思想」。

即使她或他堅持頂著奇怪的髮型，或是喜歡穿過季的西部長靴，或做出不懂事的行為，在情人眼裡，就是無與倫比地美麗，或看起來如小孩般天真爛漫。雖然不合理，卻也沒人能夠

反駁或說服他或她改變想法。就像電視劇的芭樂 * 劇情一樣，一呼百諾的財閥若愛上了窮女人，連他的母親也勸不動。而且客觀偏見不只讓人擁護自己所愛之人可笑的習性或獨特的習慣，更讓人對一個人的存在產生不可撼動的信任和支持。這時，偏見已不再帶有負面語感，反而成了浪漫的詞彙。

　　「鐵甕城」建於高麗時期，數次為朝鮮抵禦契丹、蒙古和紅巾賊的入侵，以及在丙子胡亂時守護朝鮮不受清軍入侵，現在它成了被廣泛使用的普通名詞。愛情就像兩人專屬的「鐵甕城」，雖然兩人之間的感情是主觀的，但是對情比金堅的兩人

---

* 芭樂指電影、歌曲、文學等作品中，被寫爛了的素材或故事方向。也可以用來形容思想過於陳腐或無法跳脫窠臼。

來說是客觀的世界，即使其他人有任何異議，或全世界都來妨礙也無法撼動。

相愛的人所具備的「客觀偏見」，是繼鐵甕城之後，最堅固的堡壘；裡頭也是繼「母親的肚子裡」之後，最溫馨的地方，被邀請來到這裡的戀人比任何人都還幸福。對其他人來說，因為我莽撞犯下的失誤，或無心的一句話或行動，或我擁有的某種能力，或相反地我所沒有的能力，可能會讓我成為這種人，也可能讓我成為那種人；可能讓我爬到這個位置，也可能讓我必須從這個位置跌下。因為我一部分的變化，無論是有意、無意或情非得已，這世界對我的待遇也好，視線也好，一瞬間就會改變。但是我相信我值得擁有一個對我有不變的愛的人，我相信在那個人的心裡總有我的位置，而且不會再有別的地方帶給我更溫暖、更安穩、更幸福的感覺。

那個季節的星星總是在那裡，這個事實既客觀又浪漫，真誠的愛所帶給我們的情感也是如此。

那個季節的星星總是在那裡，
這個事實既客觀又浪漫，
真誠的愛所帶給我們的情感也是如此。

愛情的發現，發現愛情 2

不管再怎麼髒亂的人，
只要戀愛了，
就會出現幾種習慣：

為戀人整理鞋子，
好讓她能方便穿上；

或為她整理
被風吹亂的頭髮；

或是當他因為煩惱而心煩意亂，
在身旁傾聽，拍拍他的肩膀，
讓他能好好整理自己的思緒。

於是你突然發現
自己原來有整理的天分。

雖然在約會前，
你的房間仍會因為各種衣服
而變得一團糟。

成為你的傘

雨傘的傘架都是彎彎的。

守護某個人
就像雨傘一樣,為那個人
在人生這場大雨中
將自己撐起來。

那麼走進我這把傘的人,
就會被我保護。

比倒車的男人的手臂更性感

什麼比倒車的男人的手臂更性感？
就是下雨天，擔心女人會淋濕，而屢屢將傘傾向她，
讓自己被雨淋的那一側肩膀。

100% 的我

每個人都有
不會在職場上司、客戶或認識的人面前展現，
只有戀人看得到的一面，就是童年的自己。

像小時候一樣耍賴、天真無邪地搗蛋、鬧脾氣，
換句話說就是
想要就說想要，讓自己變得無比純真，
把真實的自己完完整整地展現出來。

這是愛情帶來的大大的安慰之一。

〈 現在的白熊妹 〉　　　〈 童年的白熊妹 〉

棕熊君，我想吃烤鮭魚

媽咪，我要吃
炸沙丁魚

住在南極的時候
吃很多海鮮，所以
沒有黑眼圈的白熊妹

來抓我啊～

來抓我啊～

我不要加班
我更不要週末加班
我不要去上班

我不要寫功課
我不要吃青花椰菜
我不要打針

Smile !

其實生氣的表情中隱藏著笑臉。

用一點點的努力，讓今天

也是充滿笑臉的一天吧。

停止的能量

如果沒有風，飛在天空中的風箏會自然停下；
如果電池沒電，時鐘的分針和秒針會自然停下；
如果烏雲散去，傾盆的驟雨也會自然停下。

然而，有些東西不會自動停下。
六點後還被工作追著跑的焦慮感；
明知沒用卻仍然存在的擔憂；
對某人所感到的埋怨和厭惡，
卻無時無刻、無止境地持續著。

這時，比起讓它們自然停下，
更需要靠自己的努力讓它停止。

努力的第一點，
就是領悟需要暫時停止。

接著，
想起比工作更重要的事物；
或投入你喜歡到可以忘記擔憂的興趣中；
回憶對那個人的另一種情感等，
找到屬於你自己的方法。

若你能靠自己停止這一切，
那麼在停下來的地方，你就能決定新的方向。

在我身後推動我的，
將不是工作的慣性、擔心的慣性、怨恨的慣性，
而是我的力量推動自己向前。

並非只有移動才需要能量，
停下來也需要能量。

$$2 \quad + \quad 2 \quad = \quad \heartsuit 2$$

就像總是吃起來酥脆的軟殼蟹沙拉

　　常去的餐廳、常去的服飾店、常去的醫院的共同點就是「信任」。相信這間餐廳一定會提供和上次一樣酥脆、新鮮的軟殼蟹沙拉；相信這間服飾店一定可以買到我喜歡的顏色的襯衫，或是適合讓我穿去下週一場重要約會的款式和剪裁合身的裙子（當然價格也合理）；相信這間醫院不會用賺錢的手段對待病人，一定會提供專業的診療。這些信任都是根據長期以來的零失敗經驗，所建立的「理性信任」。

　　然而人對於餐廳、服飾店、醫院所採用的標準是如此冷靜理性，但對愛情的標準卻很寬鬆，對某人的「浪漫信任」可說

是毫無理性根據，只因為那個人的睫毛很漂亮，只因為輕觸他的手讓人感到悸動，雖然荒謬，但卻能形成非常堅定的信任。

當服飾店店員說：「客人，藍色的圍巾和您很搭耶。」妳總是左耳進右耳出；當保險業務員說：「這個商品最近的利潤很高。」你馬上就歪著頭，豎起懷疑的感知雷達。但是當喜歡的對象不經意地拋出的一句：「妳很適合藍色呢。」妳卻不疑有他，翻找著衣櫃，找出從未穿過的藍色連身裙在鏡子前比比看。就連那天吃起來難吃又難咬的牛排，也會因為他的一句「好吃」，在妳的記憶裡卻留下這是頓相當不錯的晚餐的印象。即使他傳達的氣象預報是來自錯誤率極高的氣象局，也會讓人想相信。總是拉得緊繃的理性線在喜歡的對象面前，總是啪地一下子就鬆開，這就是人的本性。

• • •

因此，在給予浪漫的信任時，也伴隨著相應的責任和誠信。不要利用會因為一句「我喜歡你」而心動，並且想和說這句話的人共度未來的人的信任。有句話如果沒有愛就不該說，就是「我愛你」這句話；有個行為如果沒有愛也不該做，就是「讓他相信你愛他」的舉動。

例如，不要隨便拋送沒有感情卻真摯的眼神（即使你很無奈，因為眼睛就像義大利男人一樣長得深邃），或幫她拿掉黏在衣服上的頭髮，因為這些舉動只有戀人之間才會做，會讓對方產生浪漫信任。千萬不要只為了滿足自己的欲求，或金錢上的利益，或微小的樂趣等其他目的，而故意讓對方對你產生浪漫信任並加以利用，因為這和「詐欺」無異。

• • •

相反地，若浪漫信任並非建立在讓人誤會的舉動所產生的海市蜃樓或一個人的幻想，而是對彼此的真心上，那麼隨著時間流逝，加上不斷的真誠對話和行動，你們之間的關係也會越趨堅強，無論一開始你們建立信任的速度是快是慢。瞬間的愛情可能比外星人建造某種建築還要來得快，但是要將其打造得堅固，需要長時間的真誠對話和行動這組鋼筋。若浪漫信任加上你對常去的餐廳、常去的服飾店、常去的醫院所產生的理性信任，且從無數經驗中你確信他帶給你的安慰就如溫暖的熱湯，他的擁抱就如起風時所戴的圍巾般溫暖，他能夠療癒你痛苦、難過的心，他是你時時刻刻都能依靠的人，那麼你和他之間的愛，就是美麗和堅固兼具的建築物。

在對方的浪漫信任中增添理性信任，終究是愛情的過程，也是對所愛之人的呵護，亦是身為對方所愛之人的極大喜悅。

「在一起」的優點 1

　　兩人在一起的 7083 項好處之一，

就是帶著氣球走在路上也不覺得羞恥。

　　　　　　　　「愛情的優點真多。」

感情的 DMZ（非武裝地帶）

就像站在大眾面前一樣，
就像因為失誤而不知所措時一樣，
就像在會議上不專業地顯露自己的情緒一樣，
都不須為了面紅耳赤而感到羞愧。

在他面前，在那私密的空間裡，
我終於可以放下「對外武裝的我」。
因為緊張而拱起的雙肩得以放鬆，
雙頰也可以想變紅就變紅。

在感情的非武裝地帶，
我們所獲得的是沒有戰爭的心靈平靜。

因為自在
而闔眼

棕熊君，
晚餐要不要
吃雞腳？

雞腳指數：
用能不能一起吃
雞腳作為
親密程度的依據

因為自在
而挺得更大的肚子

漫畫書
《 喜歡的書是這種 》

2年後

在受傷的心貼上「那個人 OK 繃」

「你的黑眼圈又更黑了。」
「你的眼睛很漂亮。」

「請再更努力。」
「我喜歡你原本的樣子。」

「你又變胖了。」
「我又想你了。」

他和我受的傷無關，
但卻因他是我最親密的人，讓我受的傷都好了。

比客廳限量版 7 號銅版畫更好的作品

　　客廳裡掛著著名畫家的二十幅限量銅版畫，其中七號作品使家裡的氣氛更上一層樓。若以戀人關係來說，第三方多抱持庸俗的基準來看，覺得有一方就像七號作品一樣更有魅力。根據某研究結果顯示，若另一半是很有魅力的人，那麼自己的魅力也會連帶提升。可能單純只是最親近的人所帶來的光環效應＊；也可能是因為既然另一半這麼有魅力，他人便預設立場，覺得相較下看起來「不」那麼有魅力的這一方，一定也隱藏著什麼的魅力。

　　另外，人很容易受到其他人的言行影響，所以當有人稱讚自己的戀人或配偶說：「真是貼心的男人。」「你有一個很有

＊光環效應（Halo Effect）
一個人若具有較傑出的特點，就會影響別人對他其他細微特點的評價。這個現象就叫做光環效應。

能力的女朋友呢。」於是那天就會特別帶著驕傲的微笑，時時望著自己的另一半，還會發現自己正摸摸他或她的頭。相反地，若是聽到負面的評價，即使想當作耳邊風，但突然想起那些話時，還是會故作鎮定，露出不以為意的表情。

　　然而別人從你的戀人身上找到的魅力或缺點很有限，而且膚淺，就像三十秒內畫好的速寫，極為粗糙。因為別人經常只用人資組長的眼光（他是否擁有成功的履歷？）或是評鑑電視上的演員或雜誌裡模特兒的眼光（他的身材是否有魅力或有沒有時尚感？）或是身為忠於資本主義社會的成員的眼光（他是否有錢？）來審視你的另一半。但是他們的「戀人魅力指數評價」清單上，絕對不包括你們單獨旅行的隔日，平常喜歡睡懶覺又不擅長料理的他，卻像鳥兒般早起，準備了烤得酥脆的吐司，旁邊還搭著蛋，甚至他還記得你討厭吃半熟蛋，細心地將蛋黃完全煮熟的這份細膩。若非很要好的朋友，他們一點也不在意，也沒興趣知道，除了你開的是哪個牌子的車以外，你有多常開著那台車，載著心愛的人到喜歡的風景名勝。

　　依戀、細心、關心等才是真正愛情的精髓，雖然必須，但卻像容易被遺忘的購物清單一樣，也常常被遺忘在別人評價兩人愛情時的清單上。若非當事人，其他人絕對猜不到那份清單可以做出多美味的料理。因此，即使有人對我的戀人或我們的

關係「草率評價」，也不需要被不了解「我們」的第三方的話左右了心情。許多關於情侶的草率、無禮的批評中，最具代表性的就是「哪一方可惜、不可惜」，這大概僅次於「長得像媽媽、長得像爸爸」這類帶著輕浮樂趣的評價，是最沒意義，也不具深度的評價。（而且小孩的臉在成長的過程中會改變數十次。）

　　掛在客廳裡的著名畫家限量版銅版畫，任誰看來都無疑讓家裡的氣氛升級。但是從第三方的角度來看，構圖鬆散、配色糟糕的畫風，其實可能是出自那家人可愛的三歲兒子之手，不但深具意義且珍貴。最重要的是，待在那個家裡最久的人並不是客人，而是住在那房子裡的一家人。

　　同樣地，對彼此來說這是一幅什麼樣的畫，最終會畫出一幅什麼樣的圖，只有對相愛的當事人而非其他人來說，才是最重要且最有意義的主題。不需要因為「真是一幅漂亮的畫呢！」感到得意，也不需要因為「感覺不適合你家耶。」感到在意或受傷。對別人來說，我們的愛情倒映出何種風景一點也不重要。因為在我們相愛的日子裡，「我們」不是風景（不是掛在客廳裡的畫，而是客廳、家的本身），而是愛情的主角。

對別人來說，我們的愛情
倒映出何種風景一點也不重要。
因為在我們相愛的日子裡，「我們」不是風景，
而是愛情的主角。

story 3

越來越深 _

僅次於媽媽的肚子裡，最安穩也最溫暖的空間

鑰匙

人（사람 salam）的發音要把嘴唇閉上，
愛（사랑 salang）的發音要把嘴唇打開。

人因為愛而彼此敞開。

可以在一起，也可以獨處

有時候會莫名地想獨處。
好笑的是，有時候想獨處卻又不想自己一個人。

這時只要和不會打擾自己獨處，
又可以提供「在一起」時的溫暖的人交往就好。

即使是兩個人，也能獨處，
就像莫比烏斯環或潘洛斯階梯 * 一樣，
以為不存在現實當中的關係，事實上卻存在。

這是當兩人的愛情成熟到某個階段時，
才可能形成的關係。

* 潘洛斯階梯（Penrose stairs）
英國物理學家羅傑・潘洛斯的父親看了他構思的「潘洛斯三角形」所畫下的圖形。
雖然存在於二維空間，實際上在三維空間無法實現，於是又被稱作「不可能的階
梯」。

帽子的另一個功能：獨處模式

帽子能阻斷他人視線，
給予心理上的安全感

帽簷越寬，就越有安全感

當兩人的關係
就像熟得剛好的果實，甜而不軟爛，
清爽而不酸澀，這份喜悅，

是當愛情到達某個階段，或在那階段之後，
便能持續享受的滋味。

可是我想和妳
在一起

被發現也沒關係

愛一個人的心常常是湮滅證據失敗的犯人，
結果常常被處以無期愛情刑，或幾個月以下的單戀刑。

還好，兩者都是人生很好的經驗。

不熟練的我和熟練的你

換燈泡、
修筆電、
抓蟲子、
倒車入庫……
擅長這一切的女朋友，
和對這一切感到陌生的男朋友，
雖然這和這世界的偏見相反，但實際上真的有這樣的情侶存在。

神奇的是，
其中一人不擅長的事，對另一人來說卻是輕而易舉。

不知道
這是否代表
西方的愛神（Amor），
和東洋的天生緣分真的存在。

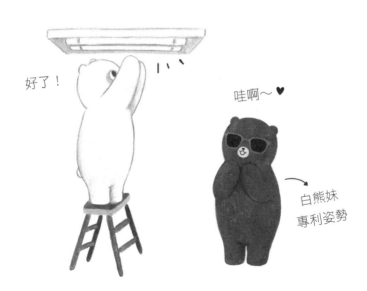

好了！

哇啊～ ♥

白熊妹
專利姿勢

若用 10 個字來形容愛情？

一個杯子，以及兩片吐司

你會用哪 10 個字來形容你的愛情呢？

（　　　　　　　　　　　　　　　）

庸俗和純潔是共存的

　　希望愛情保持純潔是戀愛的人，想談戀愛的人，或是想寫和愛情有關的歌曲、詩篇和電影的人主要的理想，也是他們無言的約定。愛情，只需憑它的純潔，就能為辛苦活在現代的人們帶來安慰、感動和希望。所以幾乎找不到有任何一個「戀愛中的人」或「藝術家」敢公然地說，愛情的成分中包含了大大小小庸俗的事物。

　　不知是否因為如此，所以電視劇總是會出現愛上財力雄厚的男人，但是看起來卻對男人的錢財毫不在意、滿臉開朗純真的女主角。電視劇的前半段經常出現這樣的場景，男人會把她帶到百貨公司，將她從頭到腳大改造，讓麻雀變鳳凰，但是這

樣的場景通常只強調男人的純情，強調可以為她付出一切，而非付出的錢財，女主角也不太會去看男人買給她的連身裙標價多少。雖然這些事都需要有無限的經濟能力才能做到，卻也讓觀眾能過過乾癮。

諷刺的是，生活在資本主義社會的人們卻認為，只有活在馬克思所追求的半資本主義社會的人們所談的愛才是真愛，並對一切的庸俗事物感到過敏。但承認愛情當中多少存在庸俗的成分，或許是一個成熟的人該有的樣子。同時想把庸俗的部分，像為牛肉去骨般的從自己的身上剔除，然後賦予自己的愛情「我愛的不是他的背景，而是他的人」這般純潔的正當性，反而是一種強迫。你之所以為他溫和的個性所著迷，可能是因為他的個性來自於他富裕的環境；為她的審美觀著迷，也可能是因為她的審美觀正來自於她從小就能在各國生活所培養而來。

所以你不必堅持欺騙自己：「雖然我喜歡他帥氣的打扮，但是我愛的並非成就他如此的經濟能力。」或「我愛的不是她看起來高級的穿著，只是她優雅的微笑。」

假設你愛的是庸俗的部分，也不代表這份愛情不純潔。既然活在資本主義社會中，愛情的起點多少會受到庸俗事物的影響（當然這會因庸俗所占的比例，讓部分純潔度褪色）。如果在決定性的一刻，庸俗的優點消失，但愛情仍然持續，就更能證明愛情的純潔度。

發現「能發現美麗事物的眼睛」

和心愛的人在一起時，
風景才會展現隱藏在其中的美。

或許是因為我用發現她的美麗雙眼，
來看這片風景的緣故。

愛情的速度，人生的速度 3

是棕熊君耶 ♡

最快的「讚」，
正是她覺得最「讚」的。

跑向她，
察覺她的心思，
伸手回應她的要求，
面對她一切大大小小的變化，
我所回應的速度，
就是愛。

愛情和速度成正比。

愛情的副作用

〈 讓披薩更好吃的方法 〉

1. 和可樂一起吃 | 2. 和你一起吃

〈 讓熱狗更好吃的方法 〉

1. 撒上糖和番茄醬來吃 | 2. 和你一起吃

〈 讓冰淇淋更好吃的方法 〉

1. 撒上巧克力之類的配料一起吃 | 2. 和你一起吃

愛情總是伴隨著食慾，
這是愛情寥寥可數的副作用之一。

又胖了 嗚嗚　　還很瘦的説……

禮儀之手

他的位置

風吹來的位置，
是懂得愛的人的位置。

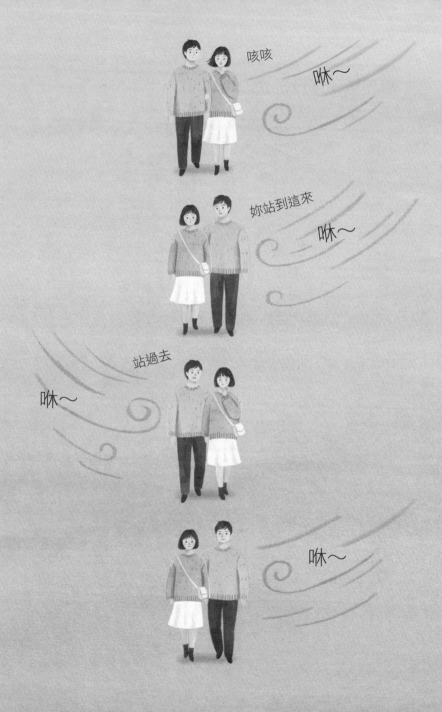

雖然無法卻做得到的事

煩惱要做提拉皮斯還是瑜伽；
決定要買側背包還是肩背包；
討論關於舊版本的遊戲和升級版的遊戲；
推薦持久又不會黏的髮膠，
或不會暈開又持久的眼線。

不論你有多愛他或她，
但這些話題只有和朋友在一起時，
才能聊得深、聊得愉快。

這時，
愛情無法做到的事，
就讓給友情來做吧。
這也是愛情能做到的事。

和朋友好好玩～
等妳回來～

因為開心而開心

棕熊君，我很喜歡這張照片
（在同一個地點拍的17張
照片中的第7張）

哇，真的拍得很好看！
（其實看不出來
哪裡不一樣）

很累卻停不下來，
是因為妳開心的樣子也讓我開心。

COFFEE

可以再幫我拍一張嗎？

COFFEE MENU

喀嚓！喀嚓！

＊女人的奧祕。明明就
說滿意了，為什麼還要
再拍一張呢？^^;;

從「你要吃披薩嗎？」
發展到「你今天為什麼生氣？」

「你要吃披薩嗎？」

「好啊。」

剛開始戀愛的時候，「好啊」這個答案背後隱藏著兩種意義。

第一種意義是，我真的也想吃披薩。

第二種意義是，為了你（即使我不喜歡），我也可以吃披薩。

　　剛開始戀愛時，如果不是誇張到需要放棄自我，其他大大小小的事，只要是心愛的人提議，一定會傾向答應，而且還會配上像是「你是怎麼想到的啊？」般驚訝的微笑。因為兩人都還不確

定，若是在兩人的關係上再蓋個房子是否仍然穩固，不會崩塌？

當你對他的提議插上坦白回應的旗幟，那瞬間脆弱的愛情基礎不知道是否就此崩潰的恐懼，和愛情的悸動、緊張感是共存的。因此，我想聽的音樂、我想吃的食物、我真正想看的電影先暫時像候補選手一樣坐板凳，或是你心中的選手有足夠的實力把球踢進他的心之球門，能夠衝鋒陷陣，即能夠精準掌握他的喜好，那麼你就能在愛情的球場上奔馳好一段時間。

但是就像兩隊勢均力敵的攻擊，讓人看得津津有味一樣，浪漫的愛情發展也不會只有一方犧牲。愛情不一定心中滿滿都是對方，卻讓自己毫無立足之地，有時即使展現最真的自己，也還是受歡迎才是愛情。

一次是他喜歡的音樂，一次是我喜歡的興趣，下一次輪到他喜歡的約會地點，就像坐蹺蹺板一樣，藉由一點一點展現彼此、發現彼此的過程，來發展兩人的愛情。雖然過程中，可能會發現對方令人難以接受、感到驚訝的一面，例如喜歡蒐集非洲蜘蛛，或唯獨吃飯時會發出大聲響，或對吃飯時發出的聲音很敏感，但是只要不是嚴重的個性缺陷、性缺陷或犯罪前科，那麼接受對方你無法接受的一面，試著去理解，反而會加深兩人的關係。

●●●

　　有時候能向對方展現多少的自我，也和愛情的分量有關，一般來說比較常也比較容易展現自己的一方，接受的愛也比較多。但是太過自信對方一定會愛自己意想不到的一面，或太自以為不管犯什麼錯都會被愛，很容易不小心就成為威脅愛情的因素。

　　向另一半坦率地表現自己，不代表可以讓自己失控，或做出傷害對方或有失禮儀的舉動。若不平衡的情況一直持續下去，那麼兩人的愛情很有可能會像比薩斜塔一樣，成為只是歷史悠久的愛情古蹟。同樣地，若把自己真實的一面滴水不漏地隱藏起來，也會有一樣的結果。若不能在自己心愛的人面前展現自己，在需要安慰的時候得不到應有的安慰，還會有比這更寂寞的事嗎？這離健全的愛情還差得遠呢。

●●●

　　換句話說，愛情的過程並非在考驗，若自己處在人生的低谷，對方是否還會愛自己；也不是犧牲或隱藏自己，事事迎合對方；也不是希望對方犧牲；也不是隱藏自我來顧慮對方，而是兩人共同探索能夠一起享受的人生焦點。

最後你們的身心都會感受到這個變化：從原本戀愛初期最單純卻小心翼翼的問題：「你要吃披薩嗎？」進化到能夠坦然詢問認真的問題：「今天你為什麼生氣？」並且面對這個問題，你們能堅信不管對方的回答如何，也能穩穩佇立在兩人堅固的愛情地基上不會崩塌。

　　愛情就像兩個不同顏色的水彩混在一起，是兩個自我的相遇，但這不會讓人失去自己本來的色彩，而是保持各自的色彩，相互搭配，畫出更美麗的一幅畫。

．

愛情就像兩個不同顏色的水彩混在一起，
是兩個自我的相遇，
但這不會讓人失去自己本來的色彩，
而是保持各自的色彩，相互搭配，
畫出更美麗的一幅畫。

．

即使愛情退潮時

漲潮和退潮時，大海的樣子會不一樣。

漲潮的大海和陽光會激盪出一片波光粼粼，
讓人幻想海裡充滿了生命力。

愛情也一樣。

當愛情像漲潮般充滿悸動和浪漫時，愛情的大海
呈現出來的都是美麗的風景，
讓人期待海面下更夢幻的海底風景。

到了傍晚，漲潮退去，到了退潮的時候，
那時不論是大海，還是愛情，
才會顯露一直隱藏在水面下的海底。

然而，還好的是，
即使波光粼粼的浪漫海景消失，
取而代之的卻是充滿豐盛的竹蛤、大彈塗魚、章魚、蛤蜊等
各種生物的泥灘；

是充滿填飽飢餓靈魂的照顧、關心、信任、
安慰、溫暖的兩人關係。

相反地，在浪漫風景消失的同時，
出現的也可能是充滿泥淖的一片死灘，
是無法從中得到
任何心靈安息的兩人關係。

雖然當你領悟到這點，失望地想從這片泥灘中掙脫，
但是膝蓋早已深陷其中，難以自拔。

浪漫的風景是愛情，
但這並非愛情的全貌。

有時，吸引彼此身心的那片風景，
只是愛情萌芽之初，對任何人來說僅是擦身而過的風景。
當龐然的興奮、悸動、粉紅色幻想和想像消失，
還有溫暖且堅定的心在原地不動，

愛情才能延續下去。

這樣才有意志和喜悅，一起共同迎接
下次漲潮時，仍然閃閃發亮、浪漫的海景。

那個人付出的愛就是他自己

　　曾經在愛情裡有過不好經驗的人，通常會害怕迎接下一段感情。也可能會埋怨，為什麼我所愛的男人或女人經常劈腿、騙我的錢、這次又傷害我了。仔細回想，這個讓你畏懼愛情或讓你埋怨的人，他曾經阻止你和好朋友來往，又或者在他身上已經出現過無數次你們的愛情不會有好結局的暗示，但當時你卻刻意逃避。或許一開始你就已經很清楚他的劣根性或態度，但你因為愛而袒護他，為他辯護，對於你們的未來過分樂觀。這是因為你沒有把「愛和人」當成一組來看待，而是把「愛」和「人」分開來看。

　　然而一個人面對愛情的態度，終究和面對人生、面對其他人的態度是一樣的。因為愛是人的行為，所以什麼樣的人就會

付出什麼樣的愛。細心的人付出的愛情就會細膩，溫柔的人付出的愛情就是那麼溫暖。相反地經常說謊的人欺騙自己戀人的機率就高；目中無人的人到了決定性的一刻，也會同樣對待自己身邊的人；有暴力傾向的人，連自己心愛的人都可以輕易行使暴力。愛上這些人，通常會讓人把這些事實放入例外條款，因為你會覺得自己是他的愛人，是他「特別的人」，所以會認為「只有我是例外」，但是例外的例外更容易出現。

剛開始談戀愛的時候，大家都會把對方當作是全宇宙最重要的人來疼惜，釋放無限親切和關心，但當這個時機過了，「只有我」是特別的，還有你以為有用的例外條款便不知不覺消失了。如果你對因為劈腿而愛上你的男人或女人適用「只有我是例外」的這項條款，那麼你大概會經歷和其他人一樣的傷害，並為此痛苦流淚。除了陷入甜蜜愛戀中的本人，還有過去還沒愛上他的自己，所有人都一眼看破這段愛情的結局。

人家說愛情是盲目的，除了愛情什麼都看不到。但諷刺的是，連自己所愛之人的真面目都看不清楚。就算看到了也選擇睜一隻眼閉一隻眼，但是你對那個人惡劣的談吐、行徑和個性所做的辯護和盲目體諒，最終只會讓自己受到傷害。愛情不是特別日子的驚喜，而是在你生活中的延續，是你人生中的一部分，如果你一直迴避對方不好的一面，最終等到他露出真面目，

受傷的還是他最親近的人，也就是你自己。

　　例如，如果你和還在曖昧的對象走在路上，他無意間踩到孩子掉在地上的玩具，但是他卻不道歉，反而還冷冷地說：「這裡不是你的遊樂場。」那麼你就應該盡量遠離他。因為那個人對孩子的無情和冷漠的眼神，最後也會轉移到你身上。

　　當然你可以相信愛情的力量，相信愛情可以改變一個人。雖然藉著愛情的力量，讓一個大家都阻止你們在一起的壞人脫胎換骨的機率很低，但是也不無可能。青蛙不就是因為愛情的力量，而變回王子的嗎？但是你必須認清一件事實──青蛙本來就是王子。

咖啡和其豐富的滋味

愛情就像放滿鮮奶油的維也納咖啡。
即使杯子裡是滿滿的愛，
上面還能添加
像是尊重、友情、信賴之類的情感。

而這些東西，
能讓愛情這杯咖啡的滋味更加豐富。

幸福的組合

1.
舔舔　　　　舔舔

4.
嘻嘻　　　　嘻嘻

2.
舔舔　　　　舔舔

5.
擦擦

3.
舔舔　　　　舔舔

冰淇淋消失的過程，
同時也是製造不易消失的
幸福記憶的過程。

你　＋　冰淇淋　＝　happiness

幸福的組合，
就是這麼簡單！

因為不計較，所以溫暖

因為不知道他何時會來，所以傻傻等待；
把他隨口的一句話放在心上；
好幾天埋首於一件一瞬間就結束的事；
甚至讓出了最喜歡的東西。

「像熊一樣笨笨的。」

在沒有戀愛的人眼裡看來，
愛情是愚蠢的。

愛情和這世界的道理背道而馳。
以經濟學的角度來看，它最沒有效率；
以邏輯學的角度來看，它最不理性；
以政治外交學的角度來看，它在協商中注定失敗；
而甘願接受這一切的損失，就是愛。

但同時，
因為這股傻勁，所以讓人溫暖，
因為不懂得計較，所以心中才能空出
可以讓人休息且溫馨的空間。

跳脫這世界的兩人世界，
就是這樣打造出來的。
愛情就是如此開始，
也是如此延續。

「都給你吃」兌換券

我想盡情使用
寬容、原諒、理解，還有「都給你吃」兌換券，
雖然我不常對其他人使用。

我想免費分享
在工作提早結束的平日晚上，
和天氣好或不好的週末，能自由使用我的時間券。

我想無限提供
撒嬌三連炮獨家公開券、
先看好週末約會的行程券、
再看一次充滿真摯的眼神券。

我終於了解樹木為何總是毫無保留地付出了。

• 寫下你的專屬兌換券，給最近你想分享的那個他

寬容券	原諒券	理解券	＿＿＿＿＿	都給你吃券
Coupon for 'Generosity'	Coupon for 'Forgiveness'	Coupon for 'Understanding'	＿＿＿＿＿ ＿＿＿＿＿	Coupon for 'All yours'

精通你

　　精通某個領域是指通透他人覺得博大精深的事物本質，並領悟其中一層層微妙的要素。可以用具體的理由來說明別人認為單純且抽象的感覺，且進一步了解這些微妙元素的差異，藉由操控那些差異來預測，最後透過預測來創造自己想要的結果。

　　舉例來說，病人只知道腰「痛」，但是神經外科醫生卻看出是第六節和第七節脊椎骨之間長出骨刺，壓迫到神經。這就是把病人覺得的「痛」，加以「說明」這麻麻的痛是來自於骨刺壓迫神經，並「預測」若患者持續且定期做物理治療和強化腰部肌肉的運動，就可以減緩慢性痛症。

如果再舉個更浪漫的例子，如劇作家在寫一句台詞的時候，會使用特定的助詞讓男主角的愛顯得更真實；比起隱喻，倒裝更顯得坦率，又能引起觀眾的共鳴。因為劇作家精通這些技巧，所以能夠在適當的地方，巧妙地使用適當的助詞、詞彙、符號，和各種敘事法。

　　航海家只憑郵輪上的乘客感受到海風後說的一句「啊，好涼爽」，就能察覺風的強度、方向和濕度，進而預測接下來的大海天氣；手藝精湛的廚師為了聽到不分男女老少的顧客說一句「啊，好吃」，不靠任何計量工具，只憑拇指和食指之間拈起的鹽巴分量，就知道如何調整加入的分量；還有籃球選手，他們光憑球從指尖脫離的手感，就可以知道現在這顆球會打到籃框彈出，還是驚險投入，抑或準確且爽快地通過籃框。

　　這樣的能力都需要在一個領域中透過無數次案例研究、投資絕對大量的時間、累積間接或直接的經驗獲得大數據，以培養透過活用這些資訊來預測和使用，再經過無數次的預測和使用的成功與失敗，來習得對於這項領域的直覺。

• • •

　　精通某項事物，也可以用在「人」身上。如果你對某個人的

了解只有「多少有點冷漠」「喜歡追求完美」「他是可以信任或無法信任的人」的程度，那麼愛情可以給你精通他的機會，即，你有充分的時間，以及允許和他保持親密的距離。

歷經無數次的爭執和反覆的和解，長時間在一起的兩人可以互相預測「在這種狀況下，他會有這種反應」，從預測的成功和失敗，你會培養出一種直覺，進而更了解一個人，同時你也會產生「我很了解他」的安全感。「多少有點冷漠」的人，在了解他後，你會發現他其實是個心地溫暖的人，很關心與自己無關的人的不幸；「喜歡追求完美」的人，你會發現他其實除了工作以外，對其他事總是神經大條，這種反差帶出他平易近人的魅力。

雖然在了解的過程中，會伴隨發現他的缺點、自卑之處、隱藏的傷痛、壞習慣，但是那些其他人無法忍受的一面，即使歷經無數次的爭執與失望，最後仍會因為他其他可愛的一面而變得不重要。或雖然你也承認那是缺點，但你卻因此培養出欣然接受、包容的心胸。

最後，你會像優秀的作家能寫出動人的小說、像航海家能確保航海的安全、像廚師能做出美味的料理般地精通一個人，也就是說，兩個相愛的人可以享受準備、奉獻、一起精通這一切的喜悅。

　　所以藉由愛情精通另一個人，或許是精通某個領域也比不上，且能帶來多采多姿喜悅的一件事。因為深刻且廣泛地了解非自己的另一個存在，會開拓出一塊讓自己的心停留，且又深又遼闊的世界；因為你可以完整享受、探索一個生命的存在，所具有的奧妙之美或美的奧妙，這是你從任何事物或研究對象身上絕對感受不到的。

*她喜歡在海邊吃炸蝦，而不是生魚片。
　　——精通白熊妹的棕熊君

藉由愛情精通另一個人，
或許是精通某個領域也比不上，
且能帶來多采多姿喜悅的一件事。

story 4

偶爾遠遠地 _
用力的愛情過了使力的時候

不要再玩門鈴了

我也喜…………
咦……人跑哪去了？

按了門鈴就跑掉，

和敲了別人的心門就逃走，

這些事都是不懂事時才會做的事。

前者還可以說是可愛，

但後者只是不負責任和自私。

HEART

警告
請勿任意
按鈴

你不是「祭品」，你就是「你」

因為別人不經大腦的話而受傷，
或總是讓出自己喜歡的東西，
或總是擔心對方不知何時會改變心意，
或因為對方不明白自己的心意而難過。

若這一切不斷重蹈覆轍，
若這段愛情必須要你一點一點放下自尊來維持，
若這段愛情讓你感覺自己越來越渺小，
或許你已經知道，
這段愛情，必須到此為止。

或許你有聽過，戰爭、憤怒、爭執、政治的犧牲羊，
但你有聽過愛情的犧牲羊嗎？

愛情要的不是名為你的祭品，
要的就只是你而已。

愛情的後盾

　　我們對待愛情，常像對待有錢的老爸一樣經常犯錯。自認為即使犯了不可挽回的錯誤，只要夾雜鼻音撒嬌，眨個眼或用手指比個愛心，一切就能得到原諒，就像有錢人家不懂事的小女兒，或是一把年紀才生下的兒子一樣，認為愛情是大大小小的失誤和犯錯的免死金牌，或無限親切、照顧和無條件原諒的依據。

　　但若你以為即使自己犯下了致命的錯誤或做了讓人失望的事，也不會被拋棄，這種莫名的錯覺和確信，都是因為自己想利用愛情罷了。籠統地認為愛情在任何情況下都能成為免死金牌，這不是對待細心愛著自己的人該有的禮貌。

即使並非闖了無法挽回的禍，或是犯下致命的錯誤，但是對愛情過度自信和忘了感謝，很容易傷害到愛我們的人。我們有時比對待別人，更隨便甚至更殘酷地對待愛我們的人。有時候我們會把臉和名字搞錯的公司同事、初次見面的朋友的朋友、辦護照窗口的公務人員，比對最了解自己的戀人或另一半擺出更親切、更溫和的笑容。有些傷害、欺騙的話我們絕對不會對上司說，但卻無意間，甚至更常對我們心愛的人脫口而出，而且常對於我們已經帶來的傷害後知後覺。

　　愛情就像下黃金蛋的鵝一樣，如果我們跟鵝的主人一樣，動了貪念把鵝的肚子剖開，讓愛情受傷，那麼最後我們就會失去愛情的一切，就像同時失去鵝和黃金蛋一般。下黃金蛋的鵝是鵝，選擇原諒的愛是愛。鵝和愛情所能給予的，正是因為有鵝和愛情的存在才存在。鵝的肚子裡並非塞滿了黃金蛋，愛情所能給予的關懷、原諒和包容，也不是高級餐廳的開胃菜或餐巾，必須理所當然地準備好，或是可以理直氣壯要求的服務，而是在愛一個人的同時，自然產生且甘願付出的心意。甚至這樣的服務並不需要付出金錢上的代價，不是嗎？雖然我們不需對愛情付出物質上、金錢上的代價，但是沒有付出真心就想獲得別人的真心對待，這種貪婪會讓愛情這座蹺蹺板失去平衡或生鏽損壞，最終剝奪了能在愛情遊樂場盡情玩耍的單純快樂。

愛情這份情感來自活著的人。因此，這份活著的情感就像抓到鱗片閃閃發亮的魚來吃、沐浴在溫暖的陽光下，在水面上徜徉的鵝或天鵝一樣，讓人說著美麗又耀眼的話語，漫步在懂得對我付出溫暖關懷的他的心上，最終誕生比黃金蛋更閃亮的「延續的愛」。

　　我們不能把「相信愛情」曲解成「相信愛情的後盾」。你不能讓你對愛情的期待，傷害愛情。

愛情這份活著的情感
就像抓到鱗片閃閃發亮的魚來吃、沐浴在溫暖的陽光下，
在水面上徜徉的鵝或天鵝一樣，
讓人說著美麗又耀眼的話語，感受溫暖的關懷，
最終誕生我們「延續的愛」。

越軟弱越堅強

肚子餓可以輕易地說出口，
但是我想你這句話卻讓人猶豫。

因為我想你展現出來的是
比肚子餓更脆弱的一面。

若你不想被對方發現，
代表你們的愛情還在熟成中；
若你已經可以展現這一面，毫無顧忌地接受他的心，
那麼你們已經深愛彼此，
而你們的愛也無暇去擔心，
人和人之間常常在腦中計算對彼此付出的真心大小、
自尊心大小，
和甚至因此所受到的傷害。

如果你們付出的已是這樣的愛，
那你們所擁有的也是最堅強的愛情，
即使對彼此展現人類最脆弱的一面。

「我們分手吧」這句謊言的結局

　　史帝夫‧賈伯斯在歷經生死一瞬間後，他在演講中說到，人生最重要的是不要等待，要有跟隨自己的心聲和直覺的勇氣，其餘的都是次要的。一直以來都在往前衝的他，似乎透過死亡領悟了真正重要的事。即使人不在現場聽史帝夫‧賈伯斯的演講，透過對死亡的想像，也一定能為人生注入新的氣息。就像公司健康檢查的那天，你會感覺自己站在生死的交界線上，並且在暫時停止的這條線上，下定決心「如果能繼續健康的人生，剩下的餘生我一定要以某種意義活下去」。生的相反是死亡，卻也為生帶來正面的影響。

　　死亡雖然和生相反，但偶爾還是會有正面的影響。那麼和愛情相反的離別是否也是如此呢？離別在兩人相愛的期間，就

像是不能提到的禁忌之語。就像生命的盡頭是死亡一樣，即使不特別點明，愛情的盡頭就是離別，也非意想不到的結局。即使如此，現正進行的愛情，都默默包含兩人對未來的共識，「不管遇到什麼阻礙，這份愛一定會持續下去。」

沒有任何一對相愛的戀人會預想在梅雨季來臨前後，或今年冬天之初就分手吧。如果先預想現在望向彼此的溫暖視線、對彼此的強烈渴望、對彼此的無盡關懷，結局就是離別，那麼這份愛情便難以持續下去。雖然想像兩人走到離別的門檻後，在沒有彼此的其他七十六億人口圍繞下生活，是多麼寂寞、難過，或許可以讓兩人的關係更篤實，但是離別後要再回到相愛的關係，大概比遇見新戀情還困難。

如果你們不是因為愛情受到阻礙，所以更加依戀彼此的羅密歐與茱麗葉，提及或想像離別，對維繫兩人的愛情並沒有任何幫助。雖然愛情讓人無法想像沒有彼此的宇宙，但相反地離別卻提供了這個想像的機會。在那個想像中，無法排除會有比現在更美好、比現在更輕鬆的想法冒出，離別後我就能擁有完整的個人時間，或是冒出我可以和不同的人過不同的生活的誘惑。另外，想像離別就是因為對愛情感到難受，而那份難受也會動搖相愛的心。最後，經常提起離別的一方，經常讓對方想像離

別的一方，反而提高了令人意想不到的離別的機率。

如果把離別當作維繫愛情，或讓心愛的人朝自己想要的方向改變的威脅工具是很危險的。如果習慣性地把「我們分手吧⋯⋯」這樣的恫嚇掛在嘴邊，某一瞬間真的會聽到對方經過一番苦思所說出口的答覆：「好吧，我們分手吧。」總是在千鈞一髮之際對你伸出援手的那個人，可能在真正的離別危機出現時，最讓你痛苦。就像牧羊人在撒了幾次「狼來了」的謊之後，等到真正的狼出現了，反而沒有任何人要幫助牧羊人。因此說了幾次「我們分手吧」的謊也一樣，離別的銳利牙齒可能已經在腳邊等著自己一腳踏進去也說不定。讓心愛的人感到痛苦的玩笑，其代價就是真正的離別。

這就是生和死，愛情和離別的差異。雖然想像死亡可以讓人生過得更有意義，但是想像離別只是提高愛情枯萎的可能性。

愛情需要愛的話語而非離別的話語來灌溉，愛的話語才可能使愛情延續。

愛情需要
愛的話語而非離別的話語來灌溉，
愛的話語才可能使愛情延續。

✉ 在搭成橋梁的對話泡泡裡，寫下妳的
愛情絮語傳達給他吧。

狐狸的葫蘆瓶和白鶴的盤子，
以及與其相反的狀況

狐狸之於葫蘆瓶，
白鶴之於盤子，都只是不適合罷了。
以客觀的角度來說，不能說葫蘆瓶和盤子錯了。

人也一樣。
我也可能遇到像狐狸的葫蘆瓶、
白鶴的盤子一樣的人。

他總是和我爭吵，
或傷害我，
或對我說些言不由衷、讓我心碎的話，
對我來說他可能就像不適合的碗盤，
無法填滿我的靈魂。

而且，
人的一生中，
尋找心愛的人的旅程似乎不斷持續著。

在幾次跌跤的緣分後，
在偶然逛到的跳蚤市場，
在旅行目的地的古董店裡，
在下定決心前往的碗盤店裡，
說不定就會發現與我天造地設的盤子或葫蘆瓶。

那時你的愛情
才會像盤中溫暖的晚餐，
讓你的心能有飽足感。

遺忘和幻想的合作

人的一生中，
愛情的延續
來自於遺忘和幻想。

十七歲那年和長滿痘痘的孩子之間不舒服的初吻；
大學新生時期，我發現
原來我只是他喜歡的無數人中的一個。
約莫去年冬天時，歷經了失戀的痛苦，
我抱著隨便和一個人談戀愛的想法，
還真的和隨便一個人（和我喜歡的類型和個性正相反的人）
度過了一個季節。
不過這些記憶，都無法阻止我和眼前這個人墜入愛河。

就像每次站在五光十色的聖誕樹前
都像第一次看到聖誕樹般的驚嘆，
就像完全不記得去年聖誕節的憂鬱，
只要開始談戀愛，不管是第幾次，
都會有這輩子第一次戀愛般的錯覺和情感。

開始談戀愛的那一刻，
就是遺忘和幻想合作的瞬間。

這一刻，正是將愛情的憂鬱或黑暗的回憶
流放到過去的遺忘之中，
邁開步伐走入
模糊卻閃爍著光芒的明日幻想中。

只要開始談戀愛，不管是第幾次，
都會有這輩子
第一次戀愛般的錯覺和情感。

省略到最後連愛也省略了

我們之間變得親近，相處也自在，
於是省略了細心為對方著想，
省略彼此間該有的禮儀，
省略睡前溫柔的問候，
省略說出心中的想法，
省略讓對方開心起來的努力，
省略、省略、省略……

到最後，自然連愛都省略了。

當感恩之情消失，輪到理所當然喧賓奪主時，
原本鮮明的愛情也跟著褪色。

和離別的長度成正比的東西

愛情的長度和離別的長度不成正比，
但愛情的深度和離別的長度成正比。

　　依愛有多深、愛的方式如何，
有的離別可能不到幾個月就結束了，
有的離別可能占據了一個人的餘生。

結束的理由，就是結束了

因為愛後面可以輕易聯想到的話，
都是和愛有正面意義相關的話。

因為愛，所以覺得你漂亮。
因為愛，所以摸摸你。
因為愛，所以現在去見你。
因為愛，所以為你犧牲。

但是諷刺的是，
因為愛後面也會出現完全相反意義的單字。

最具代表性的句子就是，
因為愛，所以和你分手。

如果我們具體地分析這句話，可以得到：

因為愛，所以不想讓你太累而分手。
因為愛，所以不想傷害你而分手。
因為愛，所以為了你的未來著想而分手。
因為愛，所以乾脆分手。

但是其實愛情
並非如此脆弱、如此不負責任、如此複雜、如此無禮。

所有的真理都很簡單。
像「因為愛，所以和你分手」
這樣很難一次理解的話，
簡單來說，
其背後所隱藏的不是愛，而是真正的理由。
而這句話的主人只是需要一個
看起來有模有樣的藉口來包裝。

但這只是暴露了自己，
一心想借用愛情的浪漫，
用抒情來包裝愛情的不足，
以及到了最後一刻還自私地想當好人。

因此，不要再把罪扣在無辜的愛情上，
不要誣賴愛情了。

除非對方自發性地

想珍藏這份殘破的愛情的幻想，
否則你應該坦白地說出來，
讓對方輕易地從愛情的幻想中掙脫，整理自己的心緒。
即使這讓你看起來脆弱、不負責任，或是很難看，
甚至看起來沒出息。

但這才是對對方最後的照顧，
也是身為曾經相愛過的人該有的禮貌。

現在並非死了都要愛的莎士比亞時代，
即使愛情死了，世界仍然會轉動。

所以對彼此坦白吧。
因為愛，所以和你分手？
是因為不愛了，才分手。

現代情歌（feat. 情聖棕熊君）

黑暗的宇宙中，
有小王子的行星 B-612。

黑暗的電影院中，
我的行星是你的座位號碼 B-15。

壞男人就讓他成為很壞的別人吧

因為電視劇裡的壞男人，
讓人有時會被現實中真的壞男人給吸引。
但其實這是個天大的誤會。

通常電視劇演到中段，
壞男人終究還是展現出極好的一面。
冷冰冰的語氣背後，是溫暖的照顧；
一副毫不在意的樣子，卻隱藏著細膩的感性；
他的真心一直以來只是被隱藏在冷漠的表情之後。
作家精心安排了幾個月的劇情和台詞，
才漸漸地揭開事實，
其實壞男人比劇中的任何人都還要純情。

觀眾發現自己也不知不覺地
跟女主角一樣愛上了他。

雖然妳誤以為自己愛上壞男人，
但其實妳之所以為他著迷，
是因為劇中的反轉，壞男人其實是無比善良的男人。

因此，現實中那些毫無真心、輕率無禮，
試圖當個壞男人的男人，就只是「很壞的別人」而已。
失聯、搞失蹤、和其他女人搞曖昧、
輕易脫口而出傷人的話，
這種男人妳根本不需要為他讓出身邊的位置。

即使你們正朝著愛情的中段前進，但妳所想像、期待、
令人屏息的反轉，大概……不，是根本沒有。
別說反轉的感動讓妳落淚，
等著妳的只有憤怒、傷心，外加生氣的事。

壞男人，就讓他成為很壞的別人，
把他讓給其他想成為悲劇女主角的人吧。

同時，這些也適用於
想愛上壞女人的你。

面對離別的兩種態度

　　面對離別的態度就像面對失敗的態度一樣分成兩種，陷在失敗（離別）中掙扎，或把失敗（離別）當作成長的契機。若你屬於後者，與其看著他或她的照片成天以淚洗面，你會選擇看看鏡子裡的自己，然後前往髮廊。因為外在的改變對內在的改變最有影響力，能夠幫助你成功遠離過去的愛情和現在的離別。這段期間你總是維持舊情人喜歡的造型，現在就翻開最新的雜誌尋找屬於自己風格的造型來試試吧。那一刻，就連髮廊店長也在不知情的情況下，成就這件大事，即「幫助你擺脫離別」的助手。（就這樣離別不知不覺為髮廊業者帶來不少收益。）在一番諮詢後，你也鼓起勇氣嘗試把從未燙過的頭髮，換成層次豐富和看起來很有魅力的大捲；也破格地選擇褪色染髮而非霧灰棕的

髮色。頂著輕盈的頭髮和充滿自信的髮型走出髮廊，我們也就離過去的離別更遠一步。

改變髮型的同時，也可以開始找教練訓練腹肌，或開始上擺在我的珍藏裡的藝術字課程，或原本一直想著要學的游泳。剛好也可以關心因為愛情而稍微疏忽的友情。這一切忙碌的變化，都是為了不再難過，為了假裝不難過，為了填滿他的空位，然而在這樣拚死忙碌之間，舊愛的記憶卻不請自來，連門鈴也不按，就把好不容易關好的悲傷大門給打開了。和朋友見完面，帶著愉快的心情坐在返家的公車裡，突然想起過去和那個人共度的幸福時光，讓你陷入若再也見不到他的恐懼之中，或因為懷念熟悉感而落淚。一切熟悉的事物中少了他的差異是什麼？就是連再熟悉也不過的回家必經之路也變得陌生寂寞。甚至過去和舊情人有過不好的回憶，也像啟動了模糊功能，不滿和衝突的雜點消失，回憶的臉龐變得更白皙、閃亮又朦朧。

然而，你不需要慌張。因為離別的傷痛、對分手對象的思念就像三歲小孩的分離焦慮一樣，是再自然也不過、健康的心理現象，也是會自然而然消失的痛。只是不要讓自己沉浸在離別之中太久，不要讓離別吞噬自己，若你能運用讓自己外在、內在都能有所成長的正能量，一定會有「正面的離別」，雖然這個字的組合不太搭嘎，但你一定能找到它，而且你也會做好

準備，以更成熟的心智迎接下一段愛情。並非所有的離別，都要像副歌那樣「嗚嗚嗚～」描寫離別的流行歌曲一樣，唱法要像呼吸沉重的歌手一樣唱得這麼憂鬱。

• • •

另外，面對離別的兩種態度中的前者「陷在離別中掙扎」，這種情形維持的期間因人而異，有的人很快就能走出來，有的人需要很長一段時間。就連相較下花比較少時間就走出來的人，在公司和前輩隔著低矮的隔板討論產品新概念時，也會突然潸然淚下，讓人不知所措。即使花的時間短，離別的後遺症就是會突襲而來。但也可能很快就擦乾眼淚，彷彿一切都沒發生似的繼續討論概念。

而長時間陷在離別中的情況，原因可能是因為愛得很深，或者因為離別來得突然，而大受打擊，但也可能是因為成為離別導火線的一方，到了離別這一刻還是放不下自私的想法。又或許是因為想拋開對自己的埋怨和自責；因為相愛時自己付出的愛不夠，所以期待離別後，能以充分的悲傷來填滿；或是因為覺得唯有哭個夠才是圓滿的離別，又或許是因為想來個像樣的離別。乾喝好幾瓶燒酒；或到了早上，也不拉起窗簾，就呆坐在四處打滾的灰塵中看著天花板；或在 KTV 裡唱著舊情人喜

歡的歌曲或一首接一首地唱著離別的歌曲。當如此沉醉在離別的氣氛時，最需要的大概是從美化的離別中自我覺醒吧。

找上我的（或我製造的）離別，就像離別歌曲的美麗旋律般煽情；自以為自己有多痛，離別就有多美；把那首歌當作背景音樂，想像現在的自己就像電視劇主角般，因為離別而憔悴……當你沉醉完這些你自己想像的氛圍後，你必須領悟接下來的事實。離別主題的電視劇主角，為了拍那個場景，從很久之前就開始健康地吃沙拉和堅果類來節食，同時搭配規律的運動，其實連憔悴的樣子也無法和真實的憔悴相比，只不過是浪漫地演出這一幕罷了。

把自己從美化的離別中抽離時，你可以試著問自己，通過這條又長又黑的離別隧道，真的讓你難過到無法承受嗎？那麼面對已經把感情整理好的舊情人，時不時還是想打電話給他的離別意識，或許可以更平靜地落幕。我們來冷靜看看好像天要塌下來似的長久離別之苦，它是喬裝成離別的另一種感情淨化嗎？或者它就是真的離別？如果是前者，那麼你的離別意識只是為了淨化自己的內心罷了，不如收起來吧。與其好幾天都打給好朋友大演後悔的戲碼，用眼淚轟炸朋友和自己，還不如承認過去自己付出的愛不夠，那時候是自己不好，真心地向分手的戀人懺悔（當然，是在心裡），這樣反而能斷得乾淨俐落。

當你看清悲傷的真面目，控制不住的眼淚、失控的感情和感傷就更容易平靜下來。尤其在你打算實踐前衛的感傷行動，例如在初戀情人婚禮的前一天打電話給他，而萬一舊情人對你說：「那我取消這場婚禮。」你也一定可以冷靜地告訴他：「我打給你並不是要你這麼做。」

• • •

　　當然，無論傷痛的程度或真偽如何，都不能否定離別是難過、痛苦的。離別後能充分感到悲傷，或許是對逝去的愛情應盡的禮貌。但另一方面，這份悲傷在這些時候才能被稱作禮貌，即，當我不隨便要求被我傷害的舊情人安慰我的時候，當我可以和悲傷的品格保持距離的時候，當我可以像我們相愛時一樣，讚揚那段感情的時候。

　　接受離別的痛苦和悲傷的方式不同，自己變成熟的過程也不同，但與此同時，這也是在為下一段成熟的愛情打基礎，而且這段逝去的愛情，才有資格透過面對離別的態度，被稱作「美麗的愛情」。

連我愛你這句話都不需要的時候

?　　突然好奇你的時候

!　　發現我因為你而改變的時候

（）　你問我「你在幹嘛？」而我想回「想你」的時候

……　當不需要說那句話也能傳達我心意的時候

，　　我暫時倚著你的肩膀休息的時候

愛情是由各式各樣的標點符號所組成。

即使這段愛情畫上了句點，

成熟的愛情也必會以讓人想回憶的句子，

填滿人生中的一頁。

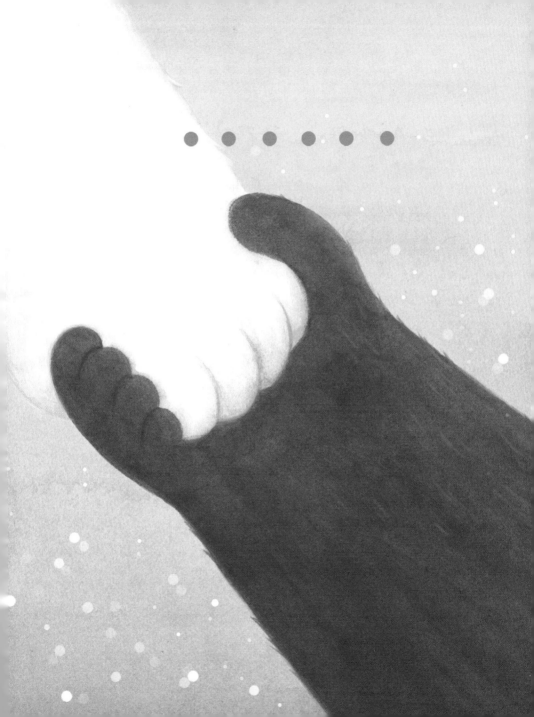

story 5

還有，Happy And_

我們的愛情，還有人生，是既熟悉卻又嶄新的開始

平行線，生命線

永不相交的平行線。

總是在一起的生命線。

愛情的開始是愛情的模樣，
愛情的延續才是愛情本身。

愛情教會我的事

戀愛時，我會用他的眼睛檢視鏡子裡的我。

有點幼稚説……（ 以他的眼光來看 ）

戀愛時，我會用她的口味來評價今天的食物。

有點刺激説……（ 以她的口味來説 ）

站在他人的立場上想，是愛情的開始，
以自我為中心的人最後也會因為愛，
而學會同理的方法。

A.B.C.(After Becoming a Couple) 的問題

對各位來說，下午和晚上的界線是什麼呢？在窗邊閱讀的人突然覺得應該要開燈的瞬間；家庭主婦想到，在丈夫和孩子回家前得趕快準備晚餐的瞬間；城市裡的上班族在煩惱今天也要加班的瞬間；農夫在冒著濃煙的屋簷下，在黑漆漆的庭院水龍頭前用肥皂洗腳的瞬間。

通常難以反駁、不需重新定義或字典所定義的知識和概念，會依接受這些知識和概念的人的個人情況、見解和環境而有新的闡釋。被定義好的知識和概念、無法反駁的通用事實叫做「框架」，而存在於那框架內某處、被重新定義的認知差異叫做「縫隙」。

舉例來說，「快樂」的通用框架是「欲求被滿足時所帶有的正面情緒」，但是對距離數萬公里遠的南太平洋巴布亞島（Papua）的達尼族原住民女性來說，她們感到快樂的情況和韓國都會女性的認知完全不同。讓巴布亞島達尼族的女性感到快樂的情況，是把剛摘下來、新鮮的紅果（buah merah）擺在面前，以族長富有智慧的妻子、六位兒女的母親身分，證明部族的強健，和向大地與天神表達感謝的那一刻。

　　生活在韓國首爾這個城市的女性會感到快樂的情況，可能是週五晚上，因為就像甜蜜預告週末的到來，或是在這場因工作繁忙而一延再延的聯誼上，和剛好是自己喜歡的類型的男人，在最近很夯的餐廳享用晚餐，並且有預感對方可能會成為自己人生中第三個男朋友。兩者之間的差異，就叫做「縫隙」。但是，若把達尼族女性和首爾的女性一起送去無人島，兩人在島上餓個三天，到了第四天終於抓到了肥美的魚，那瞬間兩人可能會感受到「無縫」且同樣的快樂。

　　就算對方和我住在赤道的兩端，相距遙遠，但只要是人，都有通用的「框架」，因此可以拋開時空的隔閡，了解彼此，分享相同的情感。相反地，這一刻待在我旁邊，和我很親密的人，我和他也可能因為有「縫隙」而產生「誤會」。因此人和人之間是需要努力來了解對方的。

●●●

　　尤其愛情包含了兩人專屬並共享的框架，以及當發現兩人之間需要努力填補的縫隙。剛戀愛的情侶經常一起共享「美食的喜悅」這個框架，接著進一步發現對方是否喜歡老巷子裡美食店的燒酒和豬皮，是否喜歡米其林三星餐廳的紅酒和西班牙火腿等縫隙，並尊重彼此的口味，同時帶著愉快的心情改變自己。

　　另外，就算是愛情長跑後結婚的新婚夫妻，也會因為之前未曾有機會發現的縫隙而感到不知所措。最具代表性的應該是「打掃」這個框架裡「乾淨」這個縫隙。對妻子來說，乾淨是指東西不要散亂在地上，但是對丈夫來說，可能是一塵不染和不可以有頭髮的狀態（或與之相反）。還有要洗的衣服理當要放進洗衣籃裡，和可以隨便丟在浴室門口的認知差異；獨處是在同一個空間裡各做各的，和待在完全獨立的兩個空間裡的認知差異；「和朋友週末有約」僅只是告知，和必須獲得同意的認知差異。

　　而且直到那些縫隙縮小為止，還會引發瑣碎的心理戰和頻繁的爭執。如同世界的時間是以英國格林威治天文台的本初子午線 *

---

* 本初子午線
決定地球經度的基準，為通過英國格林威治天文台的子午線。

為基準來制定，我主張「我」就是乾淨、要洗的衣物、獨處的時間和週末與朋友約會的「基準」，但因為離基準有段距離的「你」，讓我產生頭暈的「時差」。其實彼此並無惡意，只是因為在各自的人生歷程中，從小一點一點累積而成的習慣和固定觀念，形成兩人根深蒂固的認知，就像兩個板塊最終慢慢地碰撞，連帶引發了動搖兩人關係的地震一樣。地表下靜靜流動卻滾燙的鬱憤，因夾帶煩躁和憤怒話語的火山而爆發，讓家裡的氣氛籠罩在名為憂鬱的火山灰之中。

• • •

　　但是，就算發現對方和我的關係之間存在各種「縫隙」，愛情也不會袖手旁觀，讓兩人的關係以失望和憤怒結束。前提是愛情若沒畫下句點。還有希望的是，許多「縫隙」的發現最終證明兩人是如此地靠近。因為關於乾淨的縫隙、獨處時間的縫隙、和朋友有約的縫隙，這些縫隙不會出現在你和公司的部長之間。而填滿那些縫隙的時間，對情侶來說反而是更甜蜜、更珍貴的時光。週末早上因為要洗的衣服所產生的縫隙，原本以為絕不可能彌補，但可能就被下午一下子就做好的兩人份麵線給輕易地彌補起來；關於獨處時間的縫隙，也可能在兩人爭執過後，再次確定一起度過溫馨時光是快樂的，然後盡可能朝彼此不留下遺憾的方向移動自己的基準點，以縮小縫隙的距離。

即使發現很多縫隙，只要藉著同理、努力和時間來彌補，從了解彼此的過程，打造出平靜的草原，讓人難以想像會發生地震，讓彼此的相處更加順利。和我交往的人，他不只和我長得不同，甚至連思想也和我不一樣，但是透過我們之間的「縫隙」，我得以窺探未知的世界，學到不同的觀點和定義，並拓展我的眼光和自己。在填補彼此的縫隙時，我也可以承認自己的缺點，成為寬容的人以包容他人的缺點。愛讓人成熟，就是這些事的意義吧。

　　雖然有時看到在浴室前的地上打滾的襪子，自己還是會不由自主地脫口而出「又來了！」這句參雜憤怒，如瀕臨火山爆發的話。

適合彼此的差異

紅酒瓶的瓶口窄，
紅酒杯的杯口寬。

這樣，
紅酒才能輕鬆地倒入紅酒杯。

雖然不一樣，但卻適合彼此。
即使開口的寬窄不同，
但兩者還是擁有相似的曲線。

人和人之間的關係亦是如此。

雖然彼此的樣貌不同，
卻適合彼此。

若彼此願意付出真心，
兩人終究會長得越來越像。

男女之間長跑的愛情，
或許也像紅酒杯和紅酒瓶。
能夠盛裝越熟成越香的紅酒，
越能夠如這般擁抱彼此。

偶然，遇到命運

我相信我不是來到這個世界後遇見你，
而是為了與你相遇而來到這個世界。

沒有留給我的蛋糕捲

　　男女相愛的理由有千百種，吵架的素材也是無窮無盡。都說人在自己的愛人面前，會變成天真爛漫的小孩這句話，其實包含了人可能會像孩子般幼稚地鬧脾氣的危險性。吳科長是公司組裡的支柱，大家都說李主任看起來比實際年齡更沉默寡言、更成熟，吳前輩魄力滿分，但是意外地他們居然也會為瑣碎的理由而幼稚地鬧脾氣，像是不懂得為戀人留一塊蛋糕捲，或硬是要穿戀人平常就討厭的格子襯衫。

　　瑣碎的爭執或鬧脾氣，可以用哄小孩般的撒嬌和用像在開玩笑的個人特技來解決。但有時候爭執會變成觸發點，讓兩人的關係陷入危險。原本你以為過去發生的一些不愉快，被成功地埋藏在回憶的抽屜裡，但卻因為這次的爭執而被拿了出來，

散亂在感情的地板上。一，沒有留給我蛋糕捲這件小事；二，明明說會早下班，卻讓人等了三個小時，甚至還聯絡不上人；三，說是和客戶聚餐，結果竟是和朋友去喝酒。在這樣三連擊下，出差回來還好一陣子都沒有聯絡，在一連串讓人感到難過的回憶攻擊下，反而會為兩人的關係帶來危機，被對方認為是「自私且不上心的人」。但是只因為蛋糕捲而下分手的結論，代表問題不在蛋糕捲上，而是一連串未爆彈因為「沒有留給我的蛋糕捲」這個開關而重見天日。即使開關換成了黃豆粉糕、可樂餅、章魚燒等任何東西，還是會被掀出來。

還好爭執也有正面的功能。只要兩人關係中沒有未解決的嚴重問題，大大小小的爭執反而有機會讓彼此增加理解的書頁，就像一層層疊起來的酥皮更好吃一樣，爭執反而能做更有層次的美味關係。就像「留給我最後一個蛋糕捲、炸雞或小籠包」「我不喜歡格紋，更討厭戀人穿格紋的衣服」「雖然我喜歡對方誠心誠意找給我的四葉草，但是我沒那麼喜歡超大隻的角色娃娃禮物」，這些都是透過爭執，連父母也不知道，只有戀人之間才能完成並收藏這本關於對方的關心說明書。

同時某個成為爭執素材的事件，也會讓人更為彼此著想。當對方在開車時，比起聊天，不如聽著兩人都喜歡的杜克·喬丹（Duke Jordan）的《Flight to Denmark》專輯，讓對方可以

專心開車，兩人也能享受寧靜且幸福的氣氛。若對方討厭格紋，那就準備對方喜歡的條紋帽 T，營造情侶世界的氣氛。當處在人生最辛苦且憂鬱的時刻，享受戀人讓出最後一口覆盆子布丁（如果發生在因為蛋糕捲而吵架之前的話，就趕快一口吃掉），以及他接著拿出有幸運草墜飾的項鍊，展現的感動和浪漫。

即使對方會幼稚地鬧脾氣，或和你起爭執，但最重要的是，有些事實不會消失，就是即使他因為幼稚的理由而鬧脾氣，但是在你心累的時候，他會溫暖地敞開他寬闊的胸腔；或是當你生病時，他會熬粥並誠心誠意地照護你；點餐時他也會細心地記得，你的米線不要加香菜。而且，當同樣的時刻再次來臨，會為你做出同樣的事的人，正是現在在鬧脾氣的這個人。

雖然湖面泛起了漣漪，但是陽光碰撞到了漣漪卻反射出更加閃亮的風景。戀人間的爭執或許就像湖面的漣漪，雖然波動，但卻誕生了閃閃發亮的光芒。

戀人間的爭執或許就像湖面的漣漪，雖然波動，
但卻誕生了閃閃發亮的光芒。

LIVED HAPPILY EVER AFTER

熊難過……

為什麼
不接電話？

我要去！

我都不要了！

平常的爭執、大大小小的誤會、
交往久了會出現的短暫埋怨，
這些都在幸福的範疇裡。

「在一起」的優點 2

一個人是淒涼

兩個人是浪漫

一個人是自我陶醉

兩個人是記錄回憶

一個人是和自己鬥爭

兩個人是午後的和平

一個人是耍廢追劇

兩個人是拍電視劇

未知的幸福

現在紛飛的這些蒲公英種子，
我們不知道它們會落腳在
哪座山頭、哪個石頭縫隙、哪條河邊開花。

我們不一定要為了現在的悸動和愉快，
而定下明確的未來。

現在這一刻，就充分享受感動吧，
期待模糊的未知數吧，
就這樣幸福下去吧。

如果只有完美的日子才能笑，
那麼人生中能笑的日子也不多。

KISS&HUG&LOVE

無言卻又最強烈的話語就是親吻，
無法開口的最大安慰就是擁抱。

散步處方

散步不會告訴你
現在你走在人生的哪一個階段。

不會告訴你，現在你正處於難做的專案中的第一個難關，
或是正度過責任多過權利的三十歲中旬，
或是正處在難以解決的擔憂之中，
或是正在辛苦克服離別的後遺症中。

只會告訴你，
現在你正走在萬里無雲的天空下，
迎著溫度剛剛好、涼爽的微風，
腳正踩在剛冒出新芽的草地上。
而且正流了點汗⋯⋯

當你覺得人生這條路走得很辛苦時，
偶爾也需要走走真的路。

它會讓你心中的噪音漸漸安靜，
讓你只聽得到鳥鳴、風聲和流水的聲音。

同時，
在被你遺忘的寧靜中，
重新喚起一件
容易被忘記，但卻是最重要且令人開心的事實，
就是「你還活著」。

事實上，光是你能夠沐浴在陽光中、風中，
以及欣賞隨風擺盪的草和樹，感受你腳下的泥土，
就已經很幸福了。

走在散步的路上，
會讓你得到在人生中重新上路的力量。

V.P.P. (Very Precious Person)

下面有兩個句子。

A. 你是我重要的人。
B. 你是我珍貴的人。

微妙的是，這兩個句子若仔細探討，你會發現意思很不一樣。

句子 A 有「價值效益」的含義，B 則有「存在價值」的含義。A 帶有理性冷靜分析的觀點，B 則是感性且廣義，具有宏觀的觀點。

他人的視線占了 A 很大的比重，他人沒發現的視線則占了 B 很大的比重。

A句子裡的「人」是為了其他目的的手段，B句子裡的「人」本身就是目的。

　　舉例來說，可以用下列兩個句子來替換。

　　A. 你美麗的身材是我愛你的「重要」理由。

　　B. 你可愛的肚子肉對愛你的我來說很「珍貴」。

　　美麗有客觀標準和主觀標準。就像評斷新人演員和偶像歌手的五官、臉蛋和身材比例一樣，大部分的人對於美麗都有共同的見解，但是還是會有人喜歡稍小的眼睛、胖嘟嘟的胳膊，和比起接近純情漫畫更接近網路漫畫的身材比例。雖然後者的美很特別，但可能是因為他有其他的魅力、有親切感、內在美和愛心。綜合這一切的一個單字「愛情」，可以讓人連愛人肚子上的贅肉都覺得美麗。

　　因此，看著由A化妝師和造型師、攝影師一同打造設計出來的韓流女演員的雜誌海報，也可以毫不猶豫地拋出「那個女人漂亮？還是我漂亮？」的問題，而且對方也能毫不遲疑地回答，即使他的答案別人絕不認同，但是對兩人來說，他的答案就是實話。如果愛上一個人，就會在愛情宏觀的脈絡中檢視那個人。即使在他身上發現了一點瑕疵、一部分外在內在的缺點，但是愛情就像大自然用來遮掩都市紊亂的清晨霧毯，可以溫柔且寬容地包覆那些缺點。

然而不成熟的愛情，或只是模仿愛情的青澀感情，是不可能擁有自然之母般的寬容。你因為某個重要的理由而愛上那個人，也有可能因為那個理由而不愛了。換句話說，稱讚他肚子上的贅肉可能變成你無法想像的事。

　　正如句子 A 的觀點，若只重視戀人「客觀的美」，那麼比起愛他這個人，反而更接近愛他所能帶來的效益，例如把戀人的美當作向他人炫耀的用途。這種情況下，當「客觀的美」消失時，就會和他人一樣「客觀批判」，也就是「冷靜批判」自己的戀人，而且還可能為了尋找符合自己評價基準的其他人，而離開本來的戀人。這裡僅用外在的美來舉例，但是「效益性」這把尺適用於一個人的一切，如個性、職業、習慣、對方的童年、背景等。就像那些隱藏自己家世顯赫的事實來尋找真愛的故事主角，正是不希望對方因為自己所擁有的效益性，也就是經濟價值而愛他。

　　我所愛的人希望我擁有，或當然期待我擁有的視線，不是句子 A 而是句子 B 的視線。我們不想因為某種魅力而成為對方重要的人，而是即使我沒有那項魅力，我還是能成為對方珍貴的人。如果我是因為某種魅力而成為對方重要的人，那麼當這項魅力消失時，對方也不再覺得我很重要。

若連我想藏起來的肚子贅肉，對某人來說都可能具有珍貴的意義，那麼對我來說，在這偌大且孤單的宇宙裡，這是多大的安慰啊。即使自己有大大小小的失誤或缺點，我也能期待得到寬容的原諒；我期待我每一個小小的行動，都能被放在愛情宏觀的脈絡來看待，而非理性且分析的視線。即使這個世界充斥了不知會如何批評我的陌生視線，我也能感受到溫暖的安全感。

　　但我們仍然常常被「重要」和「珍貴」混淆，誤以為自己墜入愛河，最後才發現對方愛的並非我本身，而是我所具有的某項「重要特質」而感到難過。或是發現自己的愛情居然是建立於此，而對自己感到失望。這也是為什麼愛情並不容易，也是愛情最終走向破局的理由之一。但是從一開始因為句子 A 的視線而開啟的輕微好感，到變成帶有句子 B 視線的真愛也並非絕不可能。

　　可以確定的是，即使對世界上再多的人來說你是「很重要的人」（Very Important Person），但是最終只有對少數幾個人來說你是「很珍貴的人」（Very Precious Person），才能在心臟停止的人生尾聲，讓心臟再溫暖起來。

連日加班後，發現戀人默默到公司前來接你，就像收到驚喜般心中洋溢著滿滿的幸福；聽到對方說「你對我來說是珍貴的人」，你也可以馬上毫無遲疑地對對方說同樣的話。同時，認識到什麼是「你的存在就是無法隱藏的珍貴」，才是愛情賜予真正相愛的人最大且最美好的禮物。

V.I.P.

Precious
Very ~~Important~~ Person

我們不想因為某種魅力
而成為對方重要的人，
而是即使沒有那項魅力，
我還是能成為對方珍貴的人。

從憎恨中解脫

雖然憎恨和愛彼此站在相對的位置，
但是它們唯一的共通點是，
憎恨也和愛一樣，
都是靠你的時間、經歷和關注所餵養長大的。

只是，愛會和你一同成長，
但是憎恨會像寄生在松樹上的菟絲子 *，
將你蠶食，讓你枯萎。

就算無法原諒也不要執著，
不要去怨恨，
假裝遺忘，就真的把它忘了吧。

雖然看起來就像你緊抓著不放，
但其實無論是抓著還是放手，都是你該做且做得到的事。

當你放手的那一刻，
憎恨也會隨之消散。
你會感到意外，鬆手竟是如此容易。

*菟絲子
旋花科的一年生寄生植物。

當你放手，
你也就自由了。
可以因此愛得更多。

從憎恨中解脫，
最終還是取決於自己。
就像愛一樣，你也能自由去愛。

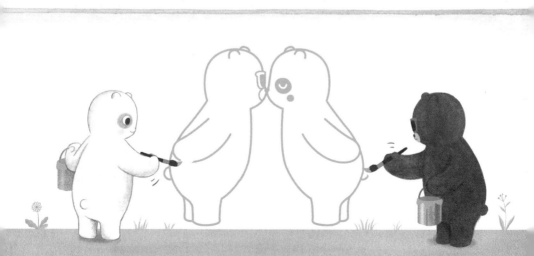

星星 1. 相連

將相距好幾光年的星星相連創造出星座，
或許是始於想安撫寂寞的人類本能。

將獨自閃耀，看起來孤單又沒有意義的星星相連，
創造出水瓶、天秤、射手、雙子，
創造出可以和某人分享的故事。

你和我似乎也像星星一樣，
跳過了那遙遠的距離而相連，
創造出彼此豐富的生命故事。

棕熊君，你快看
有流星！

哇
好神奇……

星星 2. 擁有

將手指指向空中的星星，於是星星就變成了那顆星。
我的心指向了你，於是你變成了那個人。

任何人都有機會經歷
同時擁有那顆星和那個人的時刻。

還有白熊妹的指甲
也好可愛

謝謝 ^‿^

即使人生的寒冬降臨

像候鳥般飛來，像留鳥般定居，這就是愛。

飛越數百公里遠，尋找名為「那個人」的溫暖鳥巢。
並在那裡停留，度過了春天、夏天、秋天，
即使人生的寒冬降臨也絕不離開。

這，就是愛。

愛情圖形論

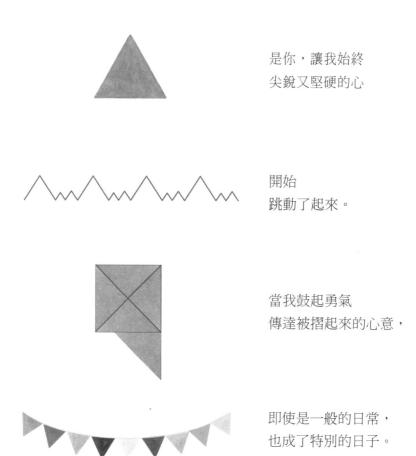

是你，讓我始終
尖銳又堅硬的心

開始
跳動了起來。

當我鼓起勇氣
傳達被摺起來的心意，

即使是一般的日常，
也成了特別的日子。

我不經意地抬頭看著夜空，
發現星星正在閃爍。

我們一起去的餐廳
所上的套餐料理，

也和我們在路邊一起吃的冰淇淋
一樣好吃。

我成為在你的大海裡優游的
有趣航海家，

成為飛鳥，
在天空中感受翱翔的心情，

也享受了為你戴上
我心裡的王冠的榮耀。

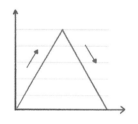

雖然愛情有時在畫上升曲線，
有時在畫下降曲線，

但同時也讓我學到了
維持心中平衡的方法。

而且我的心裡
也產生了為其他人
按下開門鍵的從容。

也得到了想和你一起
爬上某處的勇氣。

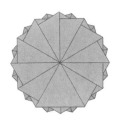

我發現原來自己總是尖銳的內在，
也有如田野般遼闊，
如微風般溫柔的一面。

愛情改變了我，我知道。
我會讓我們的愛情
繼續播放。

我為妳的演奏，
永不停止。

浪漫的極致

佈滿皺紋，緊緊相握的雙手之所以看起來更美，
或許是因為皺紋中那無數人生的凹谷，
都是靠著緊握的雙手一起熬過來的。
而愛情也因此覆蓋上如歲月般深厚的信任。
雖然沒有粉紅色泡泡，
但我們卻看到了如銀髮般
閃閃發亮的浪漫的極致。

如果有句話能讓「老了」不那麼悲傷，
就是「我們也像那樣一起變老吧」。

我們也像那樣一起變老吧。

K原創 006

你和我的 1cm
關於擁抱你，也擁抱人生的方法

文　字｜金銀珠
繪　圖｜梁賢貞
譯　者｜曾晏詩

出版者｜大田出版有限公司
台北市一〇四四五 中山北路二段二十六巷二號二樓
E-mail｜titan3@ms22.hinet.net　http：//www.titan3.com.tw
編輯部專線｜(02) 2562-1383　傳真：(02) 2581-8761
【如果您對本書或本出版公司有任何意見，歡迎來電】

總　編　輯｜莊培園
副總編輯｜蔡鳳儀
行銷編輯｜陳映璇
校　　對｜金文蕙／鄭秋燕
內頁美術｜陳柔含

台　中｜TEL：02-23672044／23672047 FAX：02-23635741
台　北｜一〇六 台北市大安區辛亥路一段三十號九樓
總　經　銷｜知己圖書股份有限公司
二　　刷｜二〇一九年十月五日
初　　刷｜二〇一九年九月一日　定價：三九九元

台　中｜TEL：04-23595819 FAX：04-23595493
四〇七 台中市西屯區工業三十路一號一樓
讀者專線｜04-23595819 # 230
網路書店｜http://www.morningstar.com.tw
E-mail｜service@morningstar.com.tw

郵政劃撥｜15060393（知己圖書股份有限公司）
印　　刷｜上好印刷股份有限公司
國際書碼｜978-986-179-568-3 CIP：862.6/108010261

填回函雙重禮
① 立即送購書優惠券
② 抽獎小禮物

國家圖書館出版品預行編目資料

你和我的 1cm／金銀珠著．；曾晏詩譯．
——初版——臺北市：大田，2019.09
面；公分．——（K原創；006）

ISBN 978-986-179-568-3（平裝）

862.6　　　　　　　　　108010261